俄罗斯精短文学经典译丛
诗意心灵系列

无所归依——别列列申诗选

汪剑钊 主编

【俄】别列列申 著

谷羽 译

读者出版传媒股份有限公司
敦煌文艺出版社

图书在版编目（CIP）数据

无所归依：别列列申诗选 /（俄罗斯）别列列申著；谷羽译. -- 兰州：敦煌文艺出版社，2013.9(2023.4重印)
（俄罗斯精短文学经典译丛）
ISBN 978-7-5468-0586-3

Ⅰ. ①无… Ⅱ. ①别… ②谷… Ⅲ. ①诗集—俄罗斯—现代 Ⅳ. ①I512.25

中国版本图书馆CIP数据核字（2013）第218077号

无所归依——别列列申诗选

汪剑钊　主编

〔俄〕别列列申　著

谷　羽　译

责任编辑：侯君莉

敦煌文艺出版社出版、发行

本社地址：（730030）兰州市城关区曹家巷1号

0931-8773204（编辑部）　　0931-2131387（发行部）

三河市嵩川印刷有限公司

开本 787毫米×1092毫米　1/16　印张 15.25　插页 1　字数 150千

2014年6月第1版　2023年4月第3次印刷

ISBN 978-7-5468-0586-3

定价：49.80元

如发现印装质量问题，影响阅读，请与出版社联系调换。

本书所有内容经作者同意授权，并许可使用。
未经同意，不得以任何形式复制转载。

出版说明

2013年,我社开始策划出版"世界精短文学经典译丛",这套丛书约请国内最优秀的翻译家担任主编和译者,将世界几大主要语言写成的短篇作品择优选入,并按照一定的主题和体裁进行分类,以独特的视角呈现出各国文学的基本面貌,为我国读者了解世界文学提供了一个较为广阔的平台。"俄罗斯精短文学经典译丛"即是这套选题中的一种。

俄罗斯文学影响了中国几代人的成长,让他们形成了特有的精神风貌和对世界的认知方式,但因为复杂的历史原因,这一精神资源的承续和发展出现了断裂。为重新深入挖掘、整理俄罗斯经典文学的优秀资源,我们倾心推出"俄罗斯精短文学经典译丛"(20册),分为"诗意自然""诗意人生""诗意心灵"和"诗意生活"等四个系列,让读者再一次感受俄罗斯文学的独特魅力,在阅读中汲取有益的精神养分,提升对诗意生活的自觉追求,丰富人们的内心精神世界。

敦煌文艺出版社
2014年5月

序　言

　　自俄罗斯侨民诗人瓦列里·别列列申的诗歌问世以来，还是头一次在中国结集出版其诗歌汉语译本，我对翻译家谷羽教授表示祝贺。

　　诗集《无所归依——别列列申诗选》的出版，这是中国俄罗斯侨民文学的一件大事。

　　中国俄罗斯侨民文学家计有一百多位，其中诗人的数量超过一半。在这么多的诗人中间，瓦·别列列申是非常重要的一位。按其对俄侨文学发展的贡献来说，瓦·别列列申与领衔的诗人阿·涅斯梅洛夫庶几是并驾齐驱的。

　　瓦·别列列申 1913 年生于伊尔库茨克，1920 年 7 岁时随母亲来到哈尔滨，并且在这里接受教育，成长。因为是在东北长大的，所以操一口流利的东北话，能用汉语阅读中国文学作品。他比大多数俄侨文学家更了解中国，更热爱中国文化，更习惯中国的风土人情。这一情况，给瓦·别列列申的创作打上了深深的中国烙印。

　　我曾经提出中国俄侨文学是"中俄合璧文学""半中国文学"，其涵义就是说它具有中国背景、中国题材、一定程度的中国艺术特色等等。从"中俄合璧文学""半中国文学"这一层意义来说,瓦·别列列申的诗歌作品可以说是首屈一指的。

瓦·别列列申的第一批诗歌作品发表在1928年,一生中共计出版了十三本诗集。而且,瓦·别列列申是用三种语言写作的:俄语、英语和葡萄牙语。他的读者遍及亚洲、欧洲、南美洲、北美洲、澳洲。

此外,他还把《离骚》《道德经》、唐诗宋词等中国古诗翻译成了俄语。

瓦·别列列申在中国生活了半生,上个世纪五十年代初离开中国去了巴西。在巴西,别列列申成了"南半球最优秀的诗人"。就是说,瓦·别列列申最终成了有重要国际影响的著名诗人。

谷羽教授从2002年翻译《中国俄罗斯侨民文学丛书》中的《松花江晨曲》卷,该卷收有一批瓦·别列列申的诗歌,到今年出版瓦·别列列申的专集,在十多年的时间里一直在研究、翻译瓦·别列列申的作品。谷羽教授真是孜孜不倦,用心良苦,实在令人赞叹。《无所归依——别列列申诗选》取材于十三本诗集,覆盖面甚广。《无所归依》的出版也是对我国的中国俄侨文学研究的一大贡献。

在国内,当前这方面的研究工作正以较快的速度发展着。在国际上,俄罗斯、日本、加拿大、澳大利亚、美国等国的研究工作也以较快的速度发展着。最近几年,我先后去俄罗斯、日本做学术交流，发现那里的研究工作比其他国家更快。俄罗斯近年出版的专著较多，日本则出版有《北方》杂志等等。

我相信，《无所归依——别列列申诗选》也会引起国外学者的兴趣和注意。

谷羽教授是我国著名翻译家、杰出翻译家，俄罗斯普希金奖章荣获者，译作等身。

谷羽教授译笔清新、优雅、准确，能传达出原文的意境，能传达出原文的美。其译文佳句连连，每每留给读者难忘的印象。谷羽教授的这一译作也是如此，我完全相信广大读者会十分喜欢《无所归依——别列列申诗选》的。

有幸作为第一读者，在这里我向谷羽教授表示由衷的感谢。

谢谢。

俄罗斯总统普京亲授友谊勋章者
俄罗斯科学院院士
齐齐哈尔大学俄罗斯侨民文化研究中心主任
李延龄于齐大
2013年4月8日

目 录 CONTENTS

哈尔滨时期(1920-1939)18 首

003 我们
006 疼痛
007 丁香
008 洞察力
009 蜂蜜
011 拉低帽檐……
012 不为自己的心哭泣……
013 盖利博卢水手
015 两颗心
016 哀歌
017 问貌人
018 你指出神圣的精神王国……
019 交谈
021 面对爱情
023 六音步扬抑抑格
024 冬天的歌曲

俄罗斯精短文学经典译丛·诗意心灵系列

026 译自中国诗歌
027 洁白的舞会

北平时期 21 首

031 幸福
032 游东陵
033 郁闷
034 鸟儿
036 画
038 界限
040 1942 年 11 月 24 日
041 给学生
043 归来
045 中国
047 哀歌
049 大理石
050 在桥中央
051 中海
053 从碧云寺俯瞰北平
055 北风
056 游山海关
058 胡琴
060 最后一枝荷花

062 乡愁
064 春天

上海时期 28 首

067 戒指
068 烟岚
069 旋转木马
071 家
073 明镜
074 告别
075 凤凰
077 猫
078 决战
079 俄罗斯
081 EXTASIS
083 分离
084 爱情湖
085 哈欠
086 鹈鹕
087 两者结盟
089 西湖之夜
091 写给朋友
093 身在迷宫

俄罗斯精短文学经典译丛·诗意心灵系列

095　霜叶红（附：霜红）
097　迷途的勇士
100　南风
102　香潭城
104　沉默
106　仿中国诗
107　香烟
109　湖心亭
112　湖泊

巴西时期 33 首

115　来自远方
117　科科瓦多山
119　早晨
120　离别中
121　途中小站
122　在 2040 年
123　北京
125　无所归依
126　三个祖国
128　长衫
129　身在塔楼
130　黄昏以后

131 船帆

132 生日感怀

133 来自俄罗斯的钟声

134 苍蝇

136 火灾

137 属相

138 湖

139 吐丝的蚕

140 创作

141 三个邻家小姑娘

142 蜗牛

143 中国人的信仰

144 珠贝

145 昆虫学家

146 灵感

147 屏幕

148 巴西之春

150 空气

151 我们用英语互相谩骂……

152 北京的威尼斯

附录
◎序跋选译

俄罗斯精短文学经典译丛·诗意心灵系列

155 《道德经》译者前言
161 关于《道德经》的译者
163 俄译本《离骚》译者前言
165 俄译本《离骚》译者后记
166 《团扇歌》俄译本序言

◎ 评论文章

172 诗人、翻译家、文化使者
188 心系中国,魂系俄罗斯
195 别列列申:流落天涯译《离骚》
201 别列列申的汉诗俄译本《团扇歌》
207 情思如缕"霜叶红"
215 俄罗斯诗人与中国长城

别列列申创作年表

译后记

哈尔滨时期(18 首)

(1920—1939)

从 1920 到 1939 年秋天,瓦列里·别列列申在哈尔滨生活了十九年,先后在哈尔滨基督教青年会中学和哈尔滨商业学校读书。1930 至 1934 年,就读于哈尔滨北满工学院,在学期间开始写诗并发表作品。1932 年 10 月参加了文学团体"丘拉耶夫卡",结识了许多俄罗斯侨民诗人。1935 年,毕业于哈尔滨法政学院法律系。此后用了两年时间集中精力学习和钻研汉语。其间出版了两本诗集:《途中》和《完好的蜂巢》。1938 年 5 月,一场重病之后,他决心献身宗教,成了哈尔滨喀山圣母修道院的一名东正教修道士,法名盖尔曼。这一时期的诗歌创作,大多反映侨民生活的失落心理以及对俄罗斯的思念。

我们

数以百万计散落各地，
无家可归，南北西东，
有时苦闷，有时期待，
随时随地要忍受不幸。
我们一步一步地穿越
世上古已有之的边境；
我们愿把自己的首都，
随身带往世界的京城。

在各个共和国与王国，
我们潜入陌生的城市，
我们会组成国中之国，
我们永远聚拢在一起。
我们被驱逐流落异邦，
不期然竟会邂逅相遇，
相遇在边沿或是郊区，
跨过各个纬度与经度，
只能仰望外国的星星，
星光带来的只有悲凄——

俄罗斯,我们只想你!
我们发现了我们自己!

身处天寒地冻的极地,
或在回归线内的热带,
什么样的光照耀我们?
哪有苹果树繁花竞开?
就因为白色或者红色,
忍受饥饿,惨遭杀害,
备受仇视,屡遭诽谤,
我们岂是贵族的主宰?
我们是首批俄罗斯人,
仰望异邦的星斗满天,
目睹生疏的云烟变幻,
盼望这纪元能够缩短!
暂时忘却古代的纷争,
也不去计较各种战乱,
我们知道——俄罗斯
日出时刻霞光最灿烂!

即便我们贫穷、不幸，
没资格畅饮参加宴席，
但我们活着能够忍耐，
我们恪守自己的方式——
纵然异邦的星光寒冷，
纵头颅落地难免一死，
我们属于不朽的罗斯！

   1934，2，10

疼痛

膝盖好像被针刺穿,
每走一步像踩着刀锋……
什么样的罪孽、背叛,
该忍受这样的酷刑?

但我在梦中祈求圣徒
伊格纳季①用圣手触摸:
为我治疗身体的疾病,
让疼痛的心摆脱折磨。

须知他一度活在人间,
跟我一样曾经历劫难。

1934,2,28

---

①伊格纳季,侨居俄罗斯的希腊人,生年不详,1605-1606年、1611-1612年两次被任命为俄罗斯东正教牧首,1640年前后去世。

丁香

恍惚看见：五六枝
丁香花儿欢乐温馨，
进了家门，像光，
像歌，又像福音。

什么人能不欢笑，
孩子般手忙脚乱？
咀嚼幸福的滋味——
闪光的五彩花瓣！

1934，5，2

洞察力

难以避免眼皮的肿胀，
眼睛昏花，光线抖颤。
上世纪七十岁的费特①，
岂不也有痛苦的体验？
烦恼常是欢乐的先兆，
橡树根扎入泥土很深，
倘若紧紧地亲吻嘴唇，
会产生疼痛让人头晕。
小孩子长牙也会肿胀，
洞察力同样引发苦闷！

1934，5，22

---

① 费特(1820–1892)，俄罗斯纯艺术派诗人。

蜂蜜

勤快犹如蜜蜂，
蜜蜂一般劳作，
你谦卑地飞行
在生活的边界。

从藤蔓收集嫩叶，
从花蕊采集花粉，
从谷堆索取颗粒，
从泪水提取盐份。

仿佛收进蜂房，
藏在博大胸怀，
世间所有关切，
还有大地之爱。

世事难以预料——
会有艰难时日，
贮存不知疲倦，
贮存透明蜂蜜。

俄罗斯精短文学经典译丛·诗意心灵系列

不为瘦弱的牛犊，
不为闲暇冬天贮藏，
为可怜的过路人，
他们需要你的蜂房。

为风尘仆仆的行者，
（来自奥林匹斯？）
用瘦底的双耳罐
带走你采集的蜂蜜。

1934，7，16

拉低帽檐……

拉低帽檐——躲避光线，
钻进枕头——躲避喧嚣声，
躲避风和躲避夜晚——
竖起了衣领。

我们离开，像走向忘川，
我们离开，愁眉苦脸，
举止乖僻，喃喃自语，
还坚持写诗。

    1934，12，1

俄罗斯精短文学经典译丛·诗意心灵系列

不为自己的心哭泣……

不为自己的心哭泣,
不为他人的苦哭泣,
不哭袒露在外的创伤,
甚至不哭失去的家乡,
世界的恶把它们摧毁,
再不为什么伤心流泪。

1935,4,1

盖利博卢① 水手

沿着舷梯缓缓地攀登，
即将结束最后的航程，
我们抓把宝贵的泥土，
偷偷珍藏紧贴着前胸。

不留恋纽孔里的花结，
不惋惜告别的白玫瑰，
要知道谁在境外哭泣——
眼睛流血而不是流泪。

手绢恰似外省的花坛，
闻不到什么芳香气味，
抬起军人肮脏的衣袖，
擦干像血一样的泪水。

掉转身来就不再回头，
站稳了脚跟脸朝南方，
忽然间内心一阵亢奋——
那是盖利博卢的激昂。

---

① 盖利博卢半岛，位于土耳其国的欧洲部分。

从此每踏上外国土地,
不免总感到阵阵心酸,
从此常停泊比塞大港①,
渐渐衰老了我们的船。

从此以后紧张、努力,
有小小花束偶作奖赏,
而我们像磨房的风扇,
往回倒转竟成了方向!

遥远的岁月斗争不断,
想起那硝烟仍感恐慌,
俯下身体看一掬骨灰,
我们已经是满头白霜。

1935.3.24

---

①比塞大港,突尼斯北部的海港城市。

两颗心

像战场上相遇的两个士兵,
两颗心力量悬殊狭路相逢。

一颗心越过边界斗志昂扬,
另一颗鸽子一样向它飞翔,

但一颗心一再遭遇拒绝,
雪地上流淌一滴滴鲜血,

最后一滴血滴落进泥土——
像晨光里面苍白的蜡烛。

我血红的鸽子啊,成了碎片,
这是一场血液沸腾的肉搏战:

汹涌的激情直传到天边,
毫无保留,也不想遮掩,

你不愧动脉与静脉的俘虏,
你的奇妙在世上广为传布。

1935,7,8

哀歌

风匆匆刮向南方,洒下告别的泪水,
刹那间,水手从水底启动沉重的锚。
风帆已经梦见辽阔无边的金色海疆,
船尾已经掀起了山脊般的滚滚浪涛。
现在你将听见海上仙女和海妖说笑,
你将看见法厄同①如何在浪涛中沉没。
什么人会跟随你重复古希腊的节奏?
肃穆可爱的疆域,灰蒙蒙苍穹空阔。

1936,1,11

---

①法厄同是希腊神话中的冥王,他是太阳神赫利俄斯与克吕墨涅的私生子。

同貌人

我是罗马人，我的步履准确，
你是诺曼人，你幻想幽灵殿①，
未必每个人都会产生幻觉，
仇敌迎面走来，当作朋友看。

我红脸膛的瓦兰人②，谁能说，
人们会把我们俩看成亲兄弟，
说你眼睛里大海的悠远，
能抚慰我眼睛里的悲戚？

我背弃了拉丁雷鸣般的喇叭，
倾听不眠不休咚咚响的铃鼓，
我爱上了你的风笛和长笛。

现在北方语言有了拉丁口音，
而乌黑的眼睛闪烁着蓝光，
我看你就像自己在照镜子。

1936,1,30

---

①幽灵殿，又称瓦尔哈拉大殿，斯堪的纳维亚半岛古代神话中阵亡将士英灵的归宿之地。
②瓦兰人，古代俄罗斯人对北欧诺曼人的称呼。

你指出神圣的精神王国……

你指出神圣的精神王国，
说那个世界永不毁灭，
可听众都是聋子和瞎子，
他们不懂你说些什么。

你说世上节日本属虚幻，
为他们指点山间房舍，
你说幸福不过是诱惑，
说巨大的痛苦也是罪孽。

可没有爱情就没有生命，
因此每个人都追求幸福，
而追求幸福的每一个人——
他的心注定要忍受痛苦。

1936，4，15

交谈

"美人儿,你令时代黯然失色:
是否因此之故,尚且年幼的我
已经能承受心灵的重负,体验
超越孩提年龄的亢奋和欲火?"

"的确,我曾有过美丽的岁月,
拥有许多不愿撒谎的倾慕者!
你是不是向你那位神甫伯父
学会了表白爱情,如此能说?"

"不,我伯父痴迷于宗教礼仪
和西塞罗①,莫非你跟他相好过?
心中燃烧的烈火会让我丧命,
但愿美丽的女人使我死而复活。"

"由于你大胆放肆,伯父惩罚你,
尽管你聪明伶俐,该给予奖励。"
妮侬②笑着说。—— 啊,风韵犹存,

---

①西塞罗(公元前 106–前 43),罗马社会活动家,演说家。
②妮侬·朗克罗(1615–1705),法国女作家,交际花。

依然像十年、二十年前那样美丽。

坐着优雅的安乐椅身穿灰色长袍，
神甫笑了，他的笑容开朗灿烂，
听着少年伏尔泰①的喃喃自语，
只见他依偎在衰老的妮侬脚边。

1936，6，29

---

①伏尔泰(1694—1778)，法国作家，启蒙运动活动家。

面对爱情

哦,为什么你这样怪笑?
难道就没有另外的笑容?
亲爱的,请珍重沉睡者,
那颗柔弱的心尚未苏醒!

亲爱的,让我们彼此间
永远别伸出召唤的手臂,
千万别陷入这一场风暴,
我严厉的朋友,别痴迷!

你不会忘记,深更夜半,
折断了多少美丽的翅膀!
你听见有女人哈哈大笑,
诅咒负心汉,几近疯狂。

朋友,你听,雪笼山崖,
流淌的眼泪凝结成了冰,
多少为爱情疯狂的男女,
欺骗的嘴唇正山誓海盟!

别这样怪笑！你的眼睛，
你蓝色的眼睛变得幽暗！
你不再说话的嘴唇微笑：
你让我害怕，心惊胆战。

我一阵惊恐！你像风雪，
不要呼唤我啊，别呼唤……
是的，你从来不知宽恕，
你沉迷情爱，生性贪婪！

1936,7,3

六音步扬抑抑格

你躺在海边礁石上凝视着大海汪洋,
吟唱着没有歌词的旷野之歌像风一样,
风掀起一排排浪花,海面浪涛咆哮,
汹涌的海水不停地拍打你赤裸的腿脚。
此时此刻你俨然是一只巨大的海鸟!
我藏身在凹凸不平湿淋淋的石头后面,
窥视你微黑的美丽躯体,久久观看,
看这千年的石头,看这千年的海潮,
潮水越来越威猛,浪花儿越溅越高;
很快你站起身来,趟着海水走上海岸,
你像女神,从我身边走过,看也不看。

1936,8,23

冬天的歌曲

新月初升，星光明亮，
把梦幻洒落。
唱吧，唱吧，驼背姑娘，
唱春天的花朵。

"看，蓝盈盈的雪莲花生长，
雪堆在塌陷：
身材苗条的小小仙女
从坟茔中出现。

看野兽离开了它们的洞穴，
在阳光下奔跑。
为所有屈辱的人弥补损失，
上帝在微笑。"

幽暗驱散凄凉的声音，
姑娘不再忧伤，
但愿丑陋的驼背消失，
变成两个翅膀。

但愿欢快的小伙子路过,
再不像上一次,
扭过头不看期待的眼睛,
让这姑娘悲戚。

     1937,12,14

译自中国诗歌①

——诗人益嘉运的诗作

哦,快把那黄莺儿赶走,
不要让它在树枝上鸣啼:
它声声鸣叫惊扰了梦境,
使做梦的少妇感到悲戚。

1938

---

①这首诗中文原作是:"打起黄莺儿,莫叫枝上啼。啼时惊妾梦,不得到辽西。"题目应为《春怨》,通常标明作者是唐朝诗人金昌绪,但是也有的版本注明作者是唐朝诗人益嘉运。看来别列列申翻译时依据的是后一种版本。别列列申的译诗既重视节奏,也重视韵律,在他二十五岁的时候就能翻译唐诗,足见他学习汉语之用功,对于汉语古诗的理解与表达都已经达到了相当高的水平。

洁白的舞会

像孟加拉玫瑰一样娇嫩，
像无词的乐曲飞舞盘旋，
置身欢乐的华尔兹行列，
春天的花朵佩戴在胸前。

开朗的笑容像虔诚忏悔，
明眸闪烁着喜悦的光焰，
可亲可近如聪慧的仙女，
一只金色蝴蝶舞姿翩翩。

你少女的胸脯透着灵秀，
全然不知有痛苦的锁链，
女主角尚未被写进小说，
引人关注的路刚刚开端。

少女装束优雅一身洁白，
象征着青春的亮丽无限！
但愿你乐观智慧地生活，
道路曲折总有光明相伴。

俄罗斯精短文学经典译丛·诗意心灵系列

不要去窥视污浊的昏暗，
也不要去探询雾雨雷电——
以免让希望过早地泯灭，
免得一双明眸变得暗淡！

1930 年代

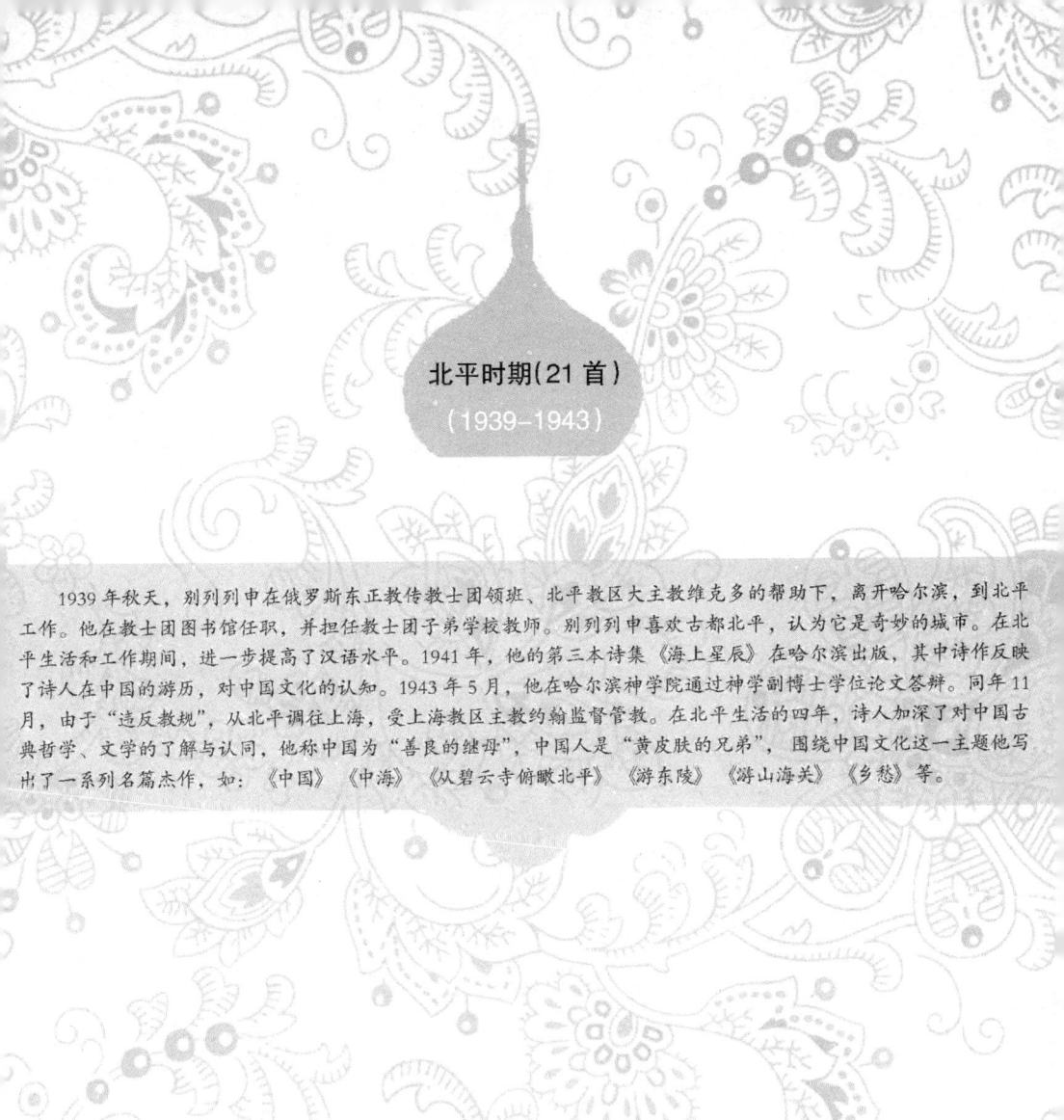

北平时期(21首)
(1939–1943)

1939年秋天，别列列申在俄罗斯东正教传教士团领班、北平教区大主教维克多的帮助下，离开哈尔滨，到北平工作。他在教士团图书馆任职，并担任教士团子弟学校教师。别列列申喜欢古都北平，认为它是奇妙的城市。在北平生活和工作期间，进一步提高了汉语水平。1941年，他的第三本诗集《海上星辰》在哈尔滨出版，其中诗作反映了诗人在中国的游历，对中国文化的认知。1943年5月，他在哈尔滨神学院通过神学副博士学位论文答辩。同年11月，由于"违反教规"，从北平调往上海，受上海教区主教约翰监督管教。在北平生活的四年，诗人加深了对中国古典哲学、文学的了解与认同，他称中国为"善良的继母"，中国人是"黄皮肤的兄弟"，围绕中国文化这一主题他写出了一系列名篇杰作，如：《中国》《中海》《从碧云寺俯瞰北平》《游东陵》《游山海关》《乡愁》等。

幸福

代替胜利、风暴、情欲，
代替战斗到底的勇气，
上帝，你赐予我小小的幸福，
这幸福任何心都不会羡慕。

记忆的礼物！不求声名如雷，
不求灼热的美梦带来陶醉，
启程上路时，我的双肩
只背负青草、清风与傍晚。

告别的口子，故作平静，
九月引人遐想的天空，
回我的南楼，我只想携带
松林的硬风与黄昏的烟霭。

记忆不止一次向我展现
充满了痛苦的那座墓园，
长椅上古米廖夫①的诗集，
以及黑眼睛里视线的欣喜。

1940,9,24

①古米廖夫(1886-1921)，俄罗斯阿克梅派诗人。

游东陵

高高的陵墓，墓门朝东，
俨然是两座白色山峦。
陵墓中埋葬着历代帝王，
他们梦见征战与盛宴。

你的眼睛望着天边浮云，
鬓角的血脉呈现浅蓝……
青年在这里为姑娘叹息，
抱怨着命运弹奏琴弦。

松树间消融了百年岁月，
在此处栖身直到永远。
我们这些不成器的孩子，
同样承受着惊恐忧烦。

陵墓墓门的拱形墙壁，
满是图画、姓名与诗篇。
我们也用尖尖的石头，
把野蛮的名字刻在上边。

1940,10,14

郁闷

健康的人无须找医生看病,
回来吧,别怕清高的人嘲笑。
失眠的夜晚点燃我的灵感,
我愿让忧愁像蜡烛一样燃烧!

不过,今夜的祈祷不再飞腾,
浓重的乌云遮蔽了星星。
难以驱散的郁闷纠缠着我,
柔顺似女人,忠诚赛弟兄。

你的星辰何苦要为我闪亮?
多少日子你待我情似母亲?
我失去了平静,不知感激,
请你还给我那颗扫罗①的雄心!

1941,1,9

---

① 扫罗,公元前 11 世纪犹太王国的奠基人。

鸟儿

我的创作愉快,心境平和,
我的居室里光线明亮,
整整一年银铃似的西林鸟
在我房顶上欢快歌唱。

无论我为尘世情欲苦闷,
还是战斗中遭受强者压迫,
鸟儿忠实于我,寸步不离,
它用歌声维护我的生活。

然而今夜,面对心上人,
我贪恋爱情不知适可而止,
我的西林鸟像愚蠢的白鹤,
竟然一动不动沉默不语。

于是创作衍变成了诱惑,
我的美好居室竟摇摇晃晃,
整个世界呈现出众多面孔,
充满了罪恶,不可原谅。

蕴涵智慧的书籍和幸福——
顷刻之间全都化成了灰烬；
只有梦中的冷淡分量沉重，
只有黑色恐惧格外阴森……

因此我在苍凉墓地之外，
目睹异域他乡的不朽之光——
人面鸟[①]那悲切凄惨的声音
为我朗诵懊悔的十四行。

1941,1,11

---

① 人面鸟，俄罗斯神话中的怪鸟，人面鸟身，常见于民间版画。

画

——给玛利亚·巴甫洛夫娜·柯罗斯托维茨

我有一幅画：山峰之间，
天空开阔，明亮无比。
中国的国画大师绘制，
笔触轻灵，堪称神奇。

峡谷在下，绿草如茵，
牛羊走来，牧童吹笛，
人生的目的不宜渺小，
仿佛是这画中的真意。

上面的山岭有条小径，
攀登山径者当受鼓励，
樱桃树开花花团锦簇，
树木的荫凉凉风习习。

贤哲把家事托付子辈，
嫁了孙女，来此栖居。
他们叹息说青春如花，
骄矜与欢乐俱成往昔。

山岩光裸,如同冰峰,
高峻的峭壁倚天而立——
很少人喜欢危崖高耸,
唯独鹞鹰深爱这峭壁。

悬崖之上有孤松凌空,
冷静恬淡,身姿飘逸,
那里笼罩着一片宁静,
恭顺的心灵为之痴迷。

只要死神还追不上我,
只要我还能四处游历,
我知道,我这一颗心
必来此观赏山的神奇!

    1941,1,15

界限

我们的双手多次相握,
四目对视充满了情谊,
随时约会,不愿分离,
不怕别人的闲言碎语。

我们的依恋彼此相似,
但我们不能说爱谈情,
因为我们的血统有别,
因为我们的肤色不同。

我们追逐芳香的熏风,
我们喜爱傍晚的露珠,
但我是花朵生了怪病,
你是林中的野苹果树。

空气发霉有松香气味,
晚归的白帆驶向远方,
不懂你们的奇妙语言,
我无法描述漫天星光。

当你漫步在林荫道上，
身边有本国青年作陪，
你的面庞就愈发黝黑，
你的黑眼睛更加深邃。

1941.2.21

1942年11月24日

这一个月我不曾示弱——
战斗烈火锻炼出士兵。
屈辱的日子闻所未闻,
我的精神明澈而平静。

迎接崭新的灿烂朝霞,
我知道将来总有一天,
为了人生我赞美上帝——
特别是由于坎坷艰难。

1942,11,24

给学生

纵然你母亲变得孤独，
哪怕是朋友失去朋友：
所有的手都会呵护你
（世上有许多这样的手），

纵使体验离别的苦楚——
有些人难以和你亲近，
其他的人会伸出手来，
把你抚摸，怀着爱心。

你面带笑容跟随着我，
走进昏暗，冒雨迎风，
你坦然面对陌生人群，
无愧敬重师长的学生。

我们师生间志同道合，
很可能是古风的再现，
我们两个人像在喝酒，
就算是苦酒也要喝干。

对我真心的爱与善良，
将来会不会有所报偿？
你说，可会投敌背叛，
出卖你的老师和兄长？

1942,11,25

归来

离开了没有欢乐的地方，
来到你身旁，寂静的湖泊，
我是个缺乏自信的浪子，
只寻求安慰，不想受指责。

我们分别的时间不太长久，
但随后我为自由所陶醉，
不再去迷恋轻浮的幻梦，
觉得几个月像长了几岁。

在这里像面对温和的神甫，
我请求宽恕，期待新羽翼，
期盼我的手能重获自信，
我的心不因风暴而恐惧。

请让我空虚的心变得充盈，
桀骜不驯的个性趋向顺从，
我发誓，我将双倍地回报
你满怀爱心的珍贵馈赠！

而那早就被我诅咒的负担，
人世间沉重的痛苦与屈辱，
我将统统倾入你的湖底，
你宽恕一切啊，寂静的湖！

1941，12，9

中国

看这天空,神龛一般蔚蓝,
其中能容纳失去的天堂,
黄金般富裕又饥饿的中国——
你像是可爱的黄色海洋。

我喜欢这色彩斑驳的城墙,
城里有池塘,花朵鲜艳。
心灵啊,你应该恪守忠诚!
并非一切的一切都会背叛。

睿智的心,无论你在哪里,
要像珍惜圣物一样珍惜——
珍惜这些姑娘的温顺面庞,
珍惜小伙子的平和话语。

这些可爱的湖泊啊,湖泊!
使我想起了母亲的乳房,
我这屈辱的朝贡者走过来,
渴望从中汲取宁静安详。

俄罗斯精短文学经典译丛·诗意心灵系列

栖身在奇异而喧闹的天堂，
长久流浪后再不愿漂泊，
度过了九死一生的坎坷啊，
我认识了你，我的中国！

1942，12，11

哀歌

在一个早春我爱上了你，
我赞赏你花朵般的欣喜。
一年年你的口给我欣慰，
一天天成了煎熬的禁忌。

相信吧，今后再无痛苦：
从你的眼睛猜得出疑虑，
为自己的意志铸造锁链，
我决不吐露表白的词句。

我成了一本书为你展开，
甘愿牺牲，满怀爱意，
倾全部柔情，全部情思，
我来塑造你，培育你。

看吧，现在你满树繁花，
一朵一朵都无比美丽，
愿你的花朵为别人绽放，
我不忌恨，默默离去。

生活再次空洞、平静，
白天明亮，夜晚惬意，
但无灵之肉体——是空瓶，
现在我是失去灵魂的肉体。

1942.12.11

大理石

我观看你的神奇形象,
胜过往常的所有灵感——
它引起我久久的思索,
残月当空,夜不成眠。

并非为歌曲搜索词句,
像建筑师审视大理石:
我满怀欣喜更加柔和,
我的魔法也所向披靡。

悄悄讲述美好的神话,
我想唤醒沉寂的巨块:
你要以温情回馈温情,
从庞然无形浮现出来!

我在触摸温润的肌肤,
发觉神奇的心脏在跳——
稍过片刻,稍过片刻,
大理石就会露出微笑!

1943,3,16

在桥中央

在中国拱形桥梁很多:
上桥时缓慢而且吃力,
下桥时轻松快步如飞……
人难活百岁,桥也非民居。

迟缓地走到桥的中央,
不慌不忙,我时时回头,
以便在三十岁的生日,
感悟生活美好顺遂无忧。

而下桥轻快如同坠落……
站住,行人,不要太快:
请你别忽视春季花开,
记住朝霞晚霞都很精彩!

常觉得背后如有人追捕,
你为囿于书香而哭泣,
下坡的年纪仍不懈学习,
为破碎的瞬间心存感激!

1943,4,27

中海

整个夏天有荷花开放，
平静的湖水一片碧绿，
我常在这里休闲散步，
岸边的小路弯弯曲曲。

在这里看得清清楚楚，
往昔岁月的无言见证——
那是皇帝的一条古船，
还有岛上的梦幻凉亭。

透过松枝还看见荷花！
我沿着曲径走下山坡，
宽阔的荷叶挺立水面，
花朵粉红如星星闪烁……

花园当中我最爱中海，
爱水色澄碧水面宽广：
此地岂非神仙的大堂？——
法衣洁净才有幸观赏！

他们的一生远离罪恶，
或了解罪恶抗击堕落……
我在此觉得人的一生
如无形幽魂倏忽飘过。

花影扶疏，如此寂静，
是上苍赐予我的奖赏，
我没有做过更美的梦——
偌大的园林荷花飘香！

1943.7.15

从碧云寺俯瞰北平

身为游子长期无家可归,
我站在白色大理石柱子旁,
脚下是一个庞大的城市,
人们熙熙攘攘如喧嚣的海洋。

我站在高山上,碧云寺
庙宇高耸,巍然壮观,
如此庄严,名利烟消云散,
只听见永恒的风在呼唤。

啊,我真想停止飘零,
像鸽子飞回方舟来此休憩,
第一次安居在松树下,
心情恬淡,轻轻地叹息。

但愿能像颤抖的鸟儿,
在这里躲避逼近的雷雨,
忘却尘世的生死与荣辱,
在此生存,在此隐居。

我平静，可做到无声无息，
我是个毫无用处的摩尔人①。
全能的上帝啊，没有桂冠，
我也感到高兴，感到幸运！

1943，7，27

---

①摩尔人,非洲西北部毛里塔尼亚土著民族。

北风

难忘故土派遣的使者,
寒冷的风,行迹匆匆,
如黑色妖魔不断踩踏
铺盖瓦片的倾斜房顶。

可我喜欢你这份刺激,
面对北风我倍感欢乐:
风如北方亲切的嘴唇,
每到清晨就来爱抚我!

    1943,8,20

游山海关

登上长城的"天下第一关",
看雾气蒙蒙的雄伟群山,
看山脚下沉寂的城市与荒村,
视野开阔,直望到天边。

历次战火毁坏了无数城垛,
沉重的塔楼已快要塌陷。
炎热的中午躲在荫凉休息,
温驯的毛驴拴在榆树中间。

西天映出了鼓楼的剪影,
庙中供奉着圣明的文昌君,
为了在考场不至于胆怯,
学子们带来了香烛作供品。

傍晚,在饭店一个角落,
嘈杂中传来胡琴的声音,
重新陷入迷乱、等人欺骗,
为了博取一笑而出卖自尊。

我搜罗贵重的宝石与珍珠，
在雕花的匣子里好好收藏：
我珍视并需要每一个行人，
记住这夜晚、城市与小巷。

贪婪的心啊，永不满足的海，
欲壑难填，莫非你缺少光亮、
幸福、知识、罪孽与痛苦？——
你怎样答复？怎样给予报偿？

1943，8，23

俄罗斯精短文学经典译丛·诗意心灵系列

胡琴

为了消解胸中的郁闷,
我出门走进夜的幽蓝,
远方传来胡琴的琴声,
曲调忧伤,不太熟练。

一把普通的木制胡琴,
配上尖锐高亢的弓弦——
但是这痛苦扣人心扉,
像离愁的笛音,像烟。

更像是初秋天气阴郁,
蛐蛐鸣叫,菊花凌乱,
树叶飘零,蓝雾迷蒙,
依稀显现青紫的山峦。

是谁在远方躬身俯首,
顺从的胡琴贴近圆肩,
轻移瘦弱而黝黑的手,
拨动琴弦和我的心弦?

由此一颗心出现变化：
盈盈泪水模糊了双眼，
我与缪斯这高尚女俘，
一道分享他人的辛酸。

1943,8,10

最后一枝荷花

九月初的日子，
不再热似蒸笼，
北海公园的园林，
被晚霞照得火红。

淡紫色的远方，
透明而又纯净。
百花一度矜持，
如今花朵凋零。

花茎变得干枯，
四周笼罩寂静。
最后一枝荷花，
旗帜一样坚挺。

荷花不惧伤残，
傲骨屹立亭亭，
俨然古代巨人，
独臂支撑天空。

我们也曾如此——
最终败于寒冬,
面对寒风凛冽,
我们如烟消融。

我们曾像雄鹰,
蔑视昏暗迷梦,
避开灰尘弥漫,
展翅翱翔苍穹。

岁月飞速流逝,
快似冰雪消融,
我为自由弹唱,
独自一人飘零。

    1943,9,10

乡愁

可惜我不能把一颗心分为两半儿,
俄罗斯呀俄罗斯,金子般的祖国!
胸襟博大我爱普天下所有的国家,
唯独爱俄罗斯比爱中国更加强烈。

继母良善,我在黄皮肤国度长大,
温和的黄脸膛汉子成了我的兄弟;
我在这里熟悉了许多独特的神话,
仰望夏夜的星斗竟像花朵般绚丽。

只有到了深秋,十月最初的日子,
当亲切而又萧瑟的北风开始哭泣——
看西天的晚霞仿佛烈火一样燃烧,
我常常眼睛遥望北方,久久伫立。

从那亲切的、但已被遗忘的故土——
故土消失如梦,却永世铭记心怀——
杳无音信,只有缓缓飞行的大雁,
用疲惫的翅膀把珍贵的问候带来。

笑容,松树,拱门……,俄罗斯!
突然消失不见,如一把折扇收拢。
在凉爽的,幽思联翩的黄昏时刻,
我的乡愁恰似空中一颗忧伤的星。

1943,9,19

春天

金色的古老魔法
激荡在血液中：
所有歌唱的词语
仿佛颂扬爱情。

一阵阵南来的风
释放春的温暖，
这迟到而轻率的、
不必要的幽欢。

从未体验的欢情，
实在过于沉重——
小小的柔弱翅膀，
想扇却扇不动！

只是心儿在流泪，
只是夜晚无眠，
原来是这个春天
躲在窗户外边。

　　　1943，9，24

上海时期(28 首)

（1943—1950）

从 1943 年 11 月到 1950 年 1 月，别列列申在上海生活了六年多。1944 年，他的第四本诗集《牺牲》在哈尔滨出版，同年将英国诗人柯勒律治的叙事诗《老水手的传说》译成俄文，也在哈尔滨出版。1946 年，他向俄罗斯东正教传教士团递交申请，要求退教还俗，获得批准。他给自己起了个汉语名字——夏清云。同一时期他在苏联塔斯社驻上海分社任中文翻译，经申请获得苏联国籍。这段时间他结识了戈宝权、草婴等翻译家，将鲁迅短篇小说《药》、几篇文章与书信翻译成俄文，由上海时代出版社出版，并收集资料为翻译《离骚》和《道德经》进行准备。1950 年初应侨居美国的胞弟邀请，离开上海，乘船抵达旧金山，打算移居美国，但被怀疑是特工而被扣留，拒绝入境，获释后被遣返回中国，在天津落脚。1952 年与母亲途经香港转赴巴西。这期间的诗歌作品反映了诗人的精神苦闷，宗教信仰与世俗生活的矛盾与冲突。

戒指

一枚戒指是夫人馈赠，
是两颗心定盟的铁证，
戒指锁进美丽的铜匣，
夫人早在回味中入梦。

另一枚戒指是我购买——
刻着福字，幸运标记，
可世上没有幸福安宁，
戒指只能藏在柜子里。

面对奇幻我过于拘谨，
戒指的魔力并不灵验，
无谓的饰物我不想戴，
其中隐含难言的情缘——

持续的焦灼令我心痛，
美好的幻想化为失迷，
两枚戒指储存的都是：
诸多失望与颓唐空虚。

1944.4.7

烟岚

我们所有的痛苦与荒诞,
像云霞的羽翼善于变幻——
所有生活中的种种伪装,
都被温情脉脉的手驱散。

在玫瑰色的宁静早晨,
请你注视峡谷中的烟岚:
在霞光里燃烧并熄灭——
岂不像我们人生的虚幻?

1944,4,7

旋转木马

今天我的床——不再是床。
令人惊奇像旋转木马一样。

一匹匹马和马车浮现眼前，
我飞身骑上马背直奔家园。

哦，我的木马，你要快跑，
但愿西天的晚霞永远燃烧！

飞向往昔，那无云的岁月，
快去追寻业已消失的世界。

对你来说十年意味着什么？
一个"不"字怎么能概括？

曾有的国家，何时再出现？
马儿啊，快带我奔向那边！

从远方跑回家该多么愉快，
可惜后来那房子已经变卖。

俄罗斯精短文学经典译丛·诗意心灵系列

那一座花园一度变得荒凉，
后来那里前后盖满了楼房。

抛弃我的地方只会说"是"，
房子和花园永远留在那里。

放开我……错过温柔怀抱，
你拐个弯儿一路狂奔飞跑。

残忍的马，你实在太狠心，
观赏美丽的明眸再无缘分。

插翅的敌人，我渴望回去，
未建花园的地带房子结实。

不是我的家，我难以重返，
难回忧伤城，难回40年。

枕着枕头发烧，是真是假？……
旋转木马，只是梦和胡话？

1944,4,7

家

心儿狂跳,渴望回家,
脱离难以忍受的幽暗,
返回让我喜爱的京城,
松树掩映的宁静家园。

终于得到渴望的自由,
最后一刻打开了门闩:
在金灿灿的佛陀天堂,
让我的激动趋向和缓!

"你不想留下来?不想?"
眼睛里流露忐忑不安。
但我的回答斩钉截铁:
"北方幸福,决心不变。

我们北方生活着大雁,
秋天飞走,春天飞回。"
但眼睛和嘴唇在微笑,
那一双眼睛别有意会。

心啊心！狂跳的心脏，
燥热中忽然变得柔软。
它对并不可爱的南方，
刹那之间产生了依恋！

或许幸福、钥匙、房子、
爱情，比面包更重要？
忽然间四周变得凉爽，
仿佛有天坛松荫笼罩。

      1944,6,29

明镜

你的脸一动不动,像盲人,
但瞳孔里闪烁真诚的火,
我猜测,你从内心深处
不加分辨、盲目地信任我。

的确,我这个可笑的神,
巧妙的谎言骗取信任,
像单纯的孩童奉献百合花,
你腼腆地献出清纯的心。

可我不喜爱新鲜的猎物:
你燃烧着赞赏的眼波,
你刻意模仿我的哈欠——
都引不起我的丝毫喜悦。

我的血液只为虚荣沸腾,
怎么能够排除其中的愁情?
你比多利安·格雷①漂亮,
说到底不过是我的一面明镜!

1944,8,4

---

① 王尔德小说《多利安·格雷的画像》中的主人公,相貌俊美。

告别

我们的生活算什么?
不过是飘浮的云。
我们的邂逅算什么?
不过是萍水相逢。
暴风雨任性,缪斯们失和,
眨眼之间我们便各奔西东。

日常的忙碌操劳跟我无关,
黄昏时刻吹来了一阵阵风——
向南飞行的大雁引人注目,
我最羡慕遥远的飞行。

我相信自己犹如飞鸟,
可是你却未必能够成功:
你是过客,而非居民——
蝴蝶一样回归夜色朦胧。

1944,8,11

凤凰

像只愚蠢的小雌鸽，
陷入窗台上的网罗，
心儿啊，我看你呀——
蓬松的鸟儿很脆弱。

奇怪：含情的双手
完成了严厉的判决，
可怕：教堂的蜡烛
变成了熊熊的篝火。

心儿承受烈焰烧灼，
你决不会认同邪恶；
对温柔声音的蔑视，
你怎能够显示怯懦？

心儿像顺从的女俘，
忍受了罕见的煎熬，
浴火重生逐渐变化，
突然迸发万道光毫。

俄罗斯精短文学经典译丛·诗意心灵系列

烈焰飞腾犹如尖塔,
突然之间窜上圆顶——
并非鸽子翅膀抖颤,
巨翅扇动令人惊恐。

我要死了但我坚信,
不再隐瞒我的知觉:
我的死是我的胜利——
一支欢快嘹亮的歌。

取代约定俗成之路,
崇高境界才是追求,
心儿啊,我的凤凰,
你必定会永垂不朽!

1944,9,3

猫

出生在尖顶庙宇之中，
甚至曾在宫殿里生活，
你从炎热富裕的暹罗，
被人带到了风雪之国。

随后被喇嘛卖给了游人，
从此你忽而谄媚、温柔，
忽而像被俘的东方公主，
任性、固执、渴望复仇。

时时怀念遥远的家乡，
瞳孔里面闪烁着绿光，
思乡的眼神忧郁、悲痛。

多雨的日子不见太阳，
我的眼睛也跟你一样：
看到的只有遥远的风景。

1944, 9, 4

俄罗斯精短文学经典译丛·诗意心灵系列

决战

那些日子夜晚决战,
十字架和龙相互纠缠,
我的梦想坚定执著,
呼唤我追求那顶荆冠。

忘却卧榻房舍和宁静,
去荒野做上帝的先知!——
上帝啊,是你指派我
进入内心的蛮荒之地。

我现在岂不是在执行
你至高无上的旨意,
面对凶恶疯狂的毒龙,
成为圣徒戈奥尔基①?

究竟是我被毒龙吞噬,
还是高擎十字架屠龙——
无论成败都将被颂扬,
对你的召唤无限忠诚!

1944,11,5

① 圣徒戈奥尔基,即基督教的圣乔治。

俄罗斯

我的生活一直战战兢兢,
为不幸的心,也为家庭,
俄罗斯呀,你只不过是
一种想象中生活的名称。

总也忘不掉那六个字母,
为什么一直都忘不掉她?
美洲找也找不到的国家,
我想去但去不成的国家。

刈,你只是个睡眠的词,
许多词更有用处更响亮,
你像另一个民族的语音,
又像夜晚小提琴声悠扬。

为什么愿凭借浑浊的爱,
我把你塑造?请听我说:
干燥的字母已热血沸腾,
渴望让古老的幽灵复活!

俄罗斯精短文学经典译丛·诗意心灵系列

岂止我深深眷恋俄罗斯？
我发誓爱她的体魄强健，
爱蓝色眼睛，金色发辫，
只爱她一个，爱到永远！

　　　　1944，11，19

EXTASIS①

炽热的触须相继伸来，
你抓住了我并且折磨我：
钻进心里像露水，像雷霆，
像流星雨，像熊熊燃烧的火。

惊恐又甜蜜，死亡在诱惑，
心是一口井，井里冒火焰：
心底的大西洋变成了火海，
火的浪涛汹涌、奔腾、翻卷！

肉体如脆弱的铠甲已经融化，
肋骨的关卡早就已撤消：
极其细腻的，贞洁的火苗，
在每个毛孔燃烧啊燃烧！

没有先奏，也没有预兆。
不用阶梯，你自天而降，
最温和的海盗俘获我的心，
你让我惊愕，意乱心慌！

---

①Extasis,法语,意为沉醉,狂喜。

这野性而无节制的浪涛,
怎样才能平息,保全自己?
难道我是平缓的大海,
就为了映照你,拥抱你?

一颗膨胀的心向往辽阔,
变得无遮无拦无边无际。
涵纳永恒,包容宇宙,
是谁?上帝?我?还是你?

1944,12,29

分离

难以企及的雪白翅膀，
并非我真实的渴望，
并不想在蓝天飞行，
我需要人的柔弱肩膀——

快快走出这分离国度，
走向风声呼啸的北方，
让充满爱意的双手，
驱散这渺小的忧伤！

1945, 1, 12

爱情湖

古代的湖，隐藏在山岭中，
即便是英雄也难以接近你，
你的深邃吸引我这倾慕者，
你比陆地浅水湖更具魅力！

一次次来临，越来越接近，
信任你，我迷恋你的美丽。
像轻轻的梦话："满足我吧！"
你回答说："沉溺吧，沉溺！"

奇妙的是你答得快而柔和，
怕你贪欢，还不了解奥秘——
你和我们的湖泊完全不同：
要享受人生必须沉到湖底。

1945，5，19

哈欠

哈欠连连，无心看书，厌烦词语、乐谱，
不关心个人幸福，漠视迟到的荣誉，
恰似一位老教授厌倦讲了上百遍的
古罗马法律。

就像懒洋洋的天使对漫无目的的职责
早就感到沉重心生厌倦，
无精打采，拼命张大了嘴巴冲世界
打个大哈欠。

1945.5.24

鹈鹕

未上十字架,也未受娇宠,
我是鹈鹕置身海滨的石头:
切割我尚带余温的躯体,
让我来分发我白色的肉。

难以处置我扁平无力的喙,
还是把我的肉分送给你们:
来吧,我把心给你们品尝,
来吧,我的血供你们畅饮!

快召唤乞丐,也安慰孤儿,
血尽可饮用,肉也管个够:
所有人吃饱喝足还有富余,
你们看,身上有多少伤口!

我渐渐虚弱,用不着怜悯,
利刃切割,我已血肉模糊:

用活的躯体款待所有来客,
我是一只快要死亡的鹈鹕。

1945,8,3

两者结盟

小时候遇到快乐日子，
大人们常常会对我说：
"两样东西由你挑选：
是要皮球还是要陀螺？

那样更合乎你的心愿？"
哦，这事再简单不过！
"我要陀螺也要皮球。"
微微一笑，我回答说。

年轻时有人向我建议，
两者之间做自由选择：
是愿得到常人的幸福，
还是愿做著名的学者。

没有知识注定了愚昧，
缺少幸福人生不快活，
思考片刻，我就回答：
"既要幸福也当学者。"

在我心情郁闷的时候，
曾经多少次面临抉择：
"是经受痛苦上天堂，
还是下地狱瞬间欢乐。"

天堂和尘世间的欢愉，
同样都召唤着痴迷者，
我断然否定二者选一，
认同两者结盟的快乐！

1946，3，19

西湖之夜

沉闷的云层默默无声,
格外宁静,如在梦乡。
山冈耸立多角的宝塔,
使人想起哥特式教堂。

像摩西站在西奈山上,
他独自代替众人祷告……
浮想联翩突然被打断,
山下游艇传来了欢笑——

我这游子懒散地抛弃
打从海外带来的装束:
愿今夜面对梦幻湖水,
任真情洞穿我的肺腑。

农历每个月十六夜晚,
人们都说:"月光盈窗。"
普天月明!我还年轻,
这地方几乎就是家乡。

屈原投身湍急的溪流，
他的心难以承受忧伤；
皓首的李白陷落井底，
捞取水中醉酒的月亮。

悠久的古城静悄无声，
我在幻想中物我两忘，
白白等待着爱的倾诉——
姑娘低垂顺从的目光。

1946,7,3

写给朋友
——给刘添生

你来看望我的那些日子，
我在日历上都画出标记，
每次回忆都满怀感激：
但愿活着，心心相印，
既在纸上，也在心底！

我们读梅斯菲尔德①的诗歌，
远方涌来的海浪看得真切——
西班牙、海盗、轮船，
那些人名字可爱又奇妙，
让我们梦见涌动的波涛。

那时候忧伤烟消云散，
长久的压抑再无踪影：
我们呼吸南方自由的风，
感觉有一丝盐的苦味儿，
双双体验愉快的心情。

---

① 约翰·梅斯菲尔德(1878—1967)，英国诗人，著有《海之谣》《十四行诗》等诗集，1930 年获桂冠诗人称号。

哦，真想漂流到天边，
漂流在茫茫的蓝色海域，
听远方波涛隆隆轰鸣——
五洲四海，永远飘零，
但愿我们俩永不分离！

1946,9,17

身在迷宫

十字路口我们迷了路,
真的,不必垂头丧气,
我们很快会忘记自由,
没有自由也能活下去。

全都赞成,全都拥护,
对于黑暗也不必恐怖:
要知道地下相当安全,
住着聪明过人的鼹鼠!

只有少数几个流浪汉,
六亲不认,头脑空空,
胡说新天地无比辽阔,
胡说蓝天太阳与光明。

他们认为,我们冷淡,
生性怯懦,不幸又可怜,
他们需要夏季的玫瑰,
他们喜欢春天的紫罗兰!

他们甘愿牺牲在迷宫,
也不愿过我们的生活。
随便!时局吉凶难测,
谁爱怎么做就怎么做!

不过,生性凶悍的人,
你们要明白一条真理:
无论你们是死还是活,
终归都是我们的奴隶。

你们直升到地位显赫,
命我们去当世间顺民——
但我们不相信,我们
忘不了你们怎样生存。

你们一死,将为你们
树立座座英雄纪念碑,
我们记住你们的名字,
传给我们的后代子孙。

1947,3,26

霜叶红（附：霜红）

霜叶红——说起来多么奇妙。
中国有多少聪慧的词句！
我常常为它们怦然心动，
今天又为这丽词妙句痴迷。

莫非枫叶上有霜？但是你——
乃是春天鲜艳娇嫩的花朵！
你说："春天梦多色彩也多，
秋天吝啬，秋天很少树叶。

秋天干净透明，忧伤而随意，
秋天疲倦，不会呼唤生命。
秋天的叶上霜是冰冷的铠甲，
秋天傲慢，从不喜欢爱情。"

不错，但秋天中午的太阳，
仍以热烈的光照耀枫树林。
总有短暂瞬间：霜雪融化，
让我目睹霜下红叶与芳唇。

1947，5，12

附：

霜红①

霜下红叶，奇怪的名字：
希奇的名字，中国有多少？
屡次为其诱惑而欢欣，
今日再爱奇怪的名字。

霜下枫叶呢？那倒不对：
因为你是一朵春晨花！
但你说道："春富于鲜花，
秋天比她吝啬，叶子少！

秋天洁净抑郁而自由，
秋天疲倦，别叫她生活！
秋天的霜像冰冷盔甲，
骄傲秋天不要你爱她"

然而，秋天中午的阳光
在枫园中也耀得更强。
要来一刻，讨厌霜融化
我在霜下寻找红叶唇！

————————

①此为别列列申自己所译，载李萌《缺失的一环——在华侨民文学》350页。

迷途的勇士①

时光给我带来的礼物——
许多书籍、思想与会见，
但我的肩膀不知疲倦，
轻松地扛起了这些负担。

我胸襟开阔如同大海，
热爱万物并加以包容，
各种经典，历史遗训，
整个世界都容纳心中。

当我从孩提时期得知，
命中注定我生在中国，
为此祖传遗产与房屋，
都将被别人强行剥夺——

我倒愿生在中国南方——
例如宁山或者是成都——
生在和睦的官吏家庭，

---

① 诗中的勇士指希腊神话中为寻找金羊毛，乘阿耳戈船出海航行的勇士。

俄罗斯精短文学经典译丛·诗意心灵系列

多子多福的名门望族。

我的祖父是饱学之士,
说"月笛"二字适宜命名,
或叫"龙岩",意在庄重,
或叫"静光",取其轻灵。

炎热的太阳当空照耀,
晒黑了我的稚嫩面庞,
脖子上戴着纯银项圈,
上面还有浮雕的纹样。

我像鱼池中一条小鱼,
池上的灌木形成篷帐,
我在奇妙的网中长大,
学文习字,诵读诗章。

大约长到了一十五岁,
严父的意志不可违背,
我娶商人的女儿为妻,

她不好看却出身富贵。

不知道我的天地狭小,
威严富足,直到衰老,
我不晓得俄罗斯歌曲,
那歌曲能让心灵燃烧。

如今,天职之音回荡,
故园之声在心中歌唱,
"伏尔加"这自由词汇,
天外飞来掀起了波浪。

因此背负信念、箴言,
接过真理与古老旗帜,
直到骨髓是俄罗斯人,
我是一个迷途的勇士。

1947,6,29

南风

今天刮起了南风,
按节令正是立春,
面庞微黑的女友啊,
今天你将对我变心。

你的眼睛一动不动,
望着远处的风光,
山冈后有棵小树,
那里杏花正在开放。

稍远小溪拐弯处,
你在那里捉过乌龟,
随风起伏的稻秧,
闪耀着朝霞的光辉。

你看见快乐的青年,
喜欢宜人的温暖,
脱去打补丁的衣服,
他身上已经出汗。

你和他从小订婚,
走在田埂他更精神,
太阳光已经很热,
他的面颊泛出红润。

他在唱歌,那歌声
你听了心潮难平,
你顾不得分别已久,
倾心地予以回应。

但是我决不会指责,
你怎么会有过错?
无论温存还是住房,
都无法代替祖国。

好吧,索性扯下窗帘,
让命运送来的风,
愤怒而猛烈的风,
尽情地吹向你的头顶。

1948,1,24

香潭城①

黎明,云彩飘逸想休息,
早早飘向香潭城,
清风吹向香潭城,
河水流向香潭城。

白天,鸽群飞向山冈,
山冈后面是香潭城,
傍晚,霞光像只五彩凤,
它愿栖息香潭城。

微笑向往香潭城,
幻想聚会香潭城,
胡琴赞美香潭城,
花朵倾慕香潭城。

夜晚挥舞天鹅绒的旗帜,
寂静笼罩了丘陵,
匆匆忙忙我逃离监狱,
梦中飞向香潭城。

---

①这是诗人虚拟的城市名,实际上指的是杭州。

一路欢欣奔向香潭城,
奔向和平与宁静!
谁能够禁止梦中飞行?——
飞向隐秘的幸福仙境。

当我早晨照原路返回,
返回逐日服刑的牢笼,
一路遇见的迷蒙朝雾,
轻轻缭绕飘向香潭城。

     1948,10,11

沉默

沉默，沉默到进入坟墓——
因为一张口就有怒气，
就像魔鬼仇恨十字架，
会对神的声音进行攻击。

背对太阳，背对光明，
背对自己的种种恐惧，
以便任何时候任何人
都不了解残酷的隐秘。

甚至当我们号啕痛哭，
承受着自然界的奴役，
嘟嘟哝哝小声地抱怨，
也没有勇气泄密揭底。

假如我们有可能说出
那些最为真实的言语——
就埋在巨大的墓碑下，
就藏在无聊的笑声里。

我们永远也难见光明，
一群驼背、瞎子、聋子，
我们要什么金色阳光？
我们有什么人生乐趣？

偶尔忘却驼背与痛苦，
有时候心灵生出羽翼，
刹那间生活这灰姑娘
容光焕发，温柔美丽。

于是我们会抛弃锁铐，
挣扎着克服衰弱无力，
我们展开无形的翅膀，
纷纷飞向我们的上帝。

或许天上的弥撒礼仪，
偶尔也会有不时之需——
需要聋子哑巴哞哞叫，
需要驼背们弯腰行礼？

1949, 7, 8

仿中国诗

今日就寝复相思，
石竹花束置床头：
梦中重入你花园，
双双踏露并肩走。

1949.4.4

香烟

我陪我的一个东方朋友，
在台阶上迎着春风抽烟，
他右手的手指夹着烟卷儿，
没吐烟圈儿，烟随风飘散。

我说："俄罗斯人有讲究，
如果烟卷的烟斜向一边，
或者香烟忽然之间熄灭，
说明有人正把我们思念。"

朋友矜持地微笑，他问：
"真的？为什么？请你解释，
我经常遇到这种情况，
甚至在不刮风的日子里。"

他叹一口气，故作深沉，
忽然补充说："大概我很凶，
既然我搅扰了可怜的姑娘，
让她们到凌晨都难以平静。

嗨，你呢？"我吓了一跳，
连忙扭转视线看着旁边：
我手里的香烟依然闪亮，
不经意间我喷出一个烟圈！

我手里的香烟没有熄灭，
没有姑娘为我害相思病，
因此我觉得这个春天
辜负了多情的阵阵春风。

1949

湖心亭

山峦上的一片平地，
俯瞰湖水，风平浪静。
我们的船向中心划行——
那里是西湖的湖心亭。

燥热的风令人不悦，
没有树叶洒下的荫凉，
草地散发干旱的气味，
草叶的斑点微微发黄。

走进一座空空的小庙，
寂静中我们默默无言。
这里虽是炎热的中午，
却也无力驱散昏暗。

目光慈祥注视着凡尘，
那是金光笼罩的观音，
从天上，从无边智海
飘然降临，保佑我们。

无名的智化来到这里，
他是画家，也是和尚：
一幅幅图画语言精妙，
似在墙壁上放声歌唱。

啊，这荷花永不凋谢，
雨中的荷叶卓然挺立；
有几位圣贤不知疲倦，
端坐在松林的浓荫里。

一把把扇子永远展开，
一只只黄莺歌声浏亮，
今天、明天一如昨天，
它们歌唱夏日的风光。

依依不舍离开了寺庙，
我们将重新看待生活，
生活的画卷斑驳多彩，
我们的心将变得温和。

须知芦苇和花上蝴蝶，
同样也可以生存久远，
只要用妙笔轻轻描绘，
翩翩性灵凝聚在笔端。

    1951，11，26

湖泊

有这样的湖：湖水清亮，
看上去仿佛沉睡不醒，
可是你听：无底的深处
好像传来轰鸣的钟声。

据传说有这样的镜子：
偶尔映照英俊的面容，
湖水保存影像，让法师
和情人在湖面找到身影。

我是湖泊，像基捷日城①，
永远和你的命运相关。
我是镜子，你沉落湖底，
难以满足疯狂的贪婪。

记住，你拥有双重生活，
既真实，又在镜子里面。

1952，1，20

---

①基捷日城，俄罗斯民间传说中为抵御外族入侵而沉入湖水的一座城。

巴西时期（32 首）

(1953–1992)

从 1953 到 1992 年，别列列申在巴西里约热内卢生活长达三十九年，诗人称巴西是他的第三祖国。初到巴西生活艰难，为生活奔波，他停止诗歌创作近十年。直到在英国驻巴西大不列颠文化使团图书馆找到工作，才趋于稳定。他担任图书馆管理员长达九年。其间将中国古典诗歌译成俄文。1970 年，翻译完成中国古诗集《团扇歌》，其中有李白、李商隐、杜牧和白居易等诗人的作品。1971 年，完成老子的《道德经》俄文译本，搁置了二十年之久，1990 年才在俄罗斯的《远东问题》杂志上发表。1975 年译完中国大诗人屈原的代表作《离骚》，后来在德国法兰克福播种出版社出版。生活在巴西，诗人依然怀念中国，创作了《三个祖国》《北京》《北京的威尼斯》《中国人的信仰》《属相》等诗篇。别列列申身在巴西，但他的作品却经常在欧洲和美国的报刊发表，先后出版的诗集还有《南方的光》《禁猎区》《涅沃山远眺》《天卫一》《南方的十字架》《老皮袄》《三个祖国》《追随》等。1976 年完成的自传体《没有主题的长诗》，其分八章，用奥涅金诗节写成，是诗人最重要、也最有争议的作品，因为其中涉及到当年哈尔滨和上海俄罗斯侨民文化界与宗教界一些人士的隐私，也涉及诗人本人的同性恋问题，因而遭到非难和指责。

来自远方

中国的一个平常早晨雾气蒙蒙,
公鸡啼鸣。远处电车隆隆驶过。
昨天如此明天照旧。但一只鸟
飞离鸟群,再也不与群体汇合。

赤脚的太阳,莫名其妙提前跃起,
奔向脏兮兮的海岸,奔向岛屿,
辫子长长的雾姑娘急匆匆离去,
在河面上挥舞衣袖,她有洁癖。

你醒了,穿衣起床。用凉水洗脸,
从惺忪的睫毛上抖落未醒的梦。
你走进小胡同,没有发现鸟群,
疲惫的鸟群飞来盘旋在你头顶。

我的一颗心返回那可爱的境界,
为的是殉情,我这颗痴迷的心,
在那里曾经勇敢、自由又真纯,
在那里燃烧……早已烧成灰烬……

但烧毁的心还活着，活在灰里，
过了这么多年，几乎近于窒息。
大概我已耳聋，眼睛也已失明，
或者我的心又聋又瞎已成残疾。

穿过一条条胡同，你走近拱桥，
在那里我们常说明天见，永别了，
一去不返的幸福！我心里清楚：
临终时刻，我必定要回归中国！

1953,5,19

科科瓦多山

我站立在科科瓦多山顶，
独自在基督雕像身边。
羊群般的白云飘浮过来，
来自四周其他的山巅。

傍晚，远处楼房、海滩，
还有汽车都变得昏暗。
我在这里什么都不想，
忘了欢乐，也忘了忧患。

这里如此轻松不冉痛苦，
刹那间以顽强的意志
把无聊的情欲之线切断，
把它抛向远方的城市。

往日的风暴，向下吹吧，
焦虑忧伤，快离开我！
一个人置身闪光的碧空，
我将像白云一样纯洁。

俄罗斯精短文学经典译丛·诗意心灵系列

目睹车轮一般的太阳
缓缓降落，消失于峡谷，
啊，渺小卑微的世界，
我在基督面前祈求庇护。

1953，7，1

早晨

我可不愿意早早醒来，
回答钟表说：哦，不要！
诗人长时间辗转反侧，
他还没准备好应付喧嚣。

耀眼的阳光照射窗台，
窗口涌进来的气流燥热，
神龛里的约翰·达马斯金
呼唤我起床迎接生活。

1969，1，23

俄罗斯精短文学经典译丛·诗意心灵系列

离别中

中国谚语"一夜三秋",意思是分别一个夜晚好像过了三个秋天。这首十四行诗最后一行化用了这句谚语,"三秋一夜",——过去了三个秋天,就像过了一个夜晚。

一夜三秋。只有一夜分离——
像过了三个秋天。长度相当。
为什么追求欢乐的春天,
硬要把雪花塞到我手上?

我不敢用心灵来作担保,
它痛苦呻吟直到天色昏暗:
透过花瓣看得见雾凇树挂,
鸫鸟的鸣叫声驱不散忧烦。

难道只是一夜?恕我直言,
每个夜晚都等于九十天。
待重逢把痛苦细细诉说:

我们流泪——就这样生活,
似乎注定了秋天延续不绝,
那一夜闪光。三秋一夜。

1973,8,12

途中小站

据说人不是猪,并非一切都能适应!
即便长胡须也改不了我的习惯。
恍惚中偶尔有褪了色的手帕在晃动,
仿佛在暗示角落里温暖的锁链。

我像往常一样吃晚餐。一听罐头,
莫名其妙的食物,就着白开水下咽。
坐会儿,打盹儿。不回头离开小站,
沿枕木朝前走:下一站在有无之间!

1973

在2040年

在未来的两千零四十年——
或许有三四年误差,请原谅——
我的国家必将点燃自由,
我从坟墓中出来,重返家乡。

期限来临之前,先找个民族,
我隐藏。时髦跟我无缘。
期刊的气候施予温情的保护,
消亡的人从不抛头露面。

届时你的孙子从序言中发现
赤塔、哈尔滨、学识、病患,
我的朋友,还有爷爷的名字。

身遭排斥的人提前得到慰安,
我已能预见未来的欢庆盛典:
莫斯科版《别列列申诗集》。

1975

北京

离地四尺飞行,
我乘坐带篷马车,
穿的不是锦缎,
丝绸衣服轻又薄。

南池子又在眼前,
街道还是森林?
头顶有许多榆树
织就密密浓荫。

这是智如法街①,
春夜。大地温暖。
有人正在吟诵
娓娓动听的诗篇。

记不得丝绸衣服,
游人来自远方,
只记得世纪轮转,
疾飞如同翅膀。

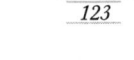

---

①这条街道名称虽多方查询而不知所指,只得暂且音译,存疑。

留住夜晚香客，
留住梦中的篷车，
看那窗口灯光，
那房子你曾住过。

无所归依

身遭放逐，漂泊异域，
沿铁路枕木大步向前，
带着普希金偷偷阅读，
怀着渺小坚定的信念。

俄罗斯呀依然是源泉，
泉水有别于江河泛滥，
置身狂欢节感到屈辱，
愿树叶沙沙响在耳畔。

中国有爱，巴西自由，
我却看不见浮冰漂流，
听不见夜莺歌声婉转。

衣食无忧，仍然厌烦
将忍冬花楸这些草木，
——贴上拉丁文标签！

三个祖国

我出生在安加拉河畔,
那是一条湍急汹涌的河,
我生在六月,六月不冷,
但是我从未感受过炎热。

贝加尔湖女儿陪我玩耍,
像戏弄狗崽儿把我触摸,
刚开始粗暴地给予爱抚,
随后扇一巴掌抛弃了我。

分不清什么是经度纬度,
但机敏的我爱新奇亮色,
没承想流落到丝茶之国,
那里扇子驰名荷花很多。

语言单纯繁复让人着迷,
这么说话该是天堂使者?
我由衷的喜爱绝不掺假,
从此爱上了第二个祖国。

人生的遭遇看来也简单：
忽而是希望忽而是灾祸，
就像在俄罗斯遭受驱逐，
我又被永远赶出了中国。

再次无家可归四处漂泊，
我不得不把剩余的岁月
在巴西的外省乡间度过，
巴西成了我第三个祖国。

这里空气稠密让人压抑，
往昔的歌仿佛都中了魔，
歌声的碎片已毫无意义，
都将随风飘零归于寂灭。

长衫

我爱傍晚，像爱朋友，
但我更爱沉默与休闲：
喜欢光明，喜欢安静，
喜欢穿在身上的长衫。

我单纯的世界很封闭，
在台灯之下守着书桌，
小天地挣脱夜的混沌，
夜晚总是沉溺于罪恶。

我的建筑物巍然屹立，
我的灯塔也光彩熠熠，
灯塔边有火炉和吊床，
有咖啡，还有白兰地。

可我是否锁上了院门？
要知道风暴长着翅膀，
要缝制我的温暖长衫，
生命之线很长、很长。

身在塔楼

曾几何时为躲避人群，
避开他们的焦虑恐怖，
已经成熟的修道僧人，
躲进修道院面对石柱。

就这样躲避俄罗斯人，
拒绝会见欧洲的游客，
背对喧嚣浮华的时代，
我成了隐居的厌世者。

锁上七重门自我封闭，
为平心静气集中精力，
仰首观察空中的流云，
在头顶之上飘来飘去……

我的确喜欢没有客人，
没有蜚短流长的闲话，
没有迟到的各种新闻，
不用没完没了地喝茶。

黄昏以后

最后一个交谈者告辞,
夜晚降临冰川般寒冷。
我走进自己的隐居室——
未读书籍构筑的后宫。

恰似暹罗王位继承人,
成千嫔妃围绕我身边,
究竟该把哪一个挑选?

船帆

花朵上空黄蜂飞行，
怀着希望，飞得安详。
我站立在海边悬崖，
把远方片片船帆遥望。

这是妒忌？心灵净化，
我眺望。天空高远。
草地和树叶一派碧绿，
我脚下是金黄沙滩。

我非乞丐。盼望远方
充满魅力天高地广，
无数的桅杆挂帆航行，
——携带我的幻想。

生日感怀

微弱的火苗——短暂,
像火柴的跳跃与呐喊,
一只萤火虫缓缓飞过,
穿越夜晚空旷的深渊。

无眠的猫头鹰在呼叫,
广场传来凶狠的低语……
无用的门闩谎话连篇,
我的房门从来不关闭。

难以融入黑暗的波浪,
转瞬之间我们会毁灭:
我们死亡,我们消失,
依然延续漫长的黑夜。

来自俄罗斯的钟声

对广播电台播送的消息、
构想、案件,我充耳不闻,
作为外国人,听到钟声——
当当响的钟声却让我动心。

当清亮的钟声连续不断,
持续震荡在昏沉的头顶,
俄罗斯——这口巨大的钟,
为召集平民大会隆隆轰鸣。

这无比幸福的高尚馈赠,
我贪婪地聆听钟声当当,
我久久期待着你的召唤,
不由得挺起瘦弱的胸膛。

违背禁令自鸣得意的钟声,
你对我的热爱无动于衷,
我的城,钟声不断的城,
召唤吧,召唤,钟声常鸣!

苍蝇

像往常一样来得不是时候，
连续出现了秋季的寒流。

苍蝇的嗡嗡声孤独又悲戚，
整个晚上在我周围飞来飞去。

它落在光亮平滑的桌面，
寻找的不是糖，而是温暖。

它落在手臂、额头、鼻子上，
惹人厌烦，落得不是地方。

我们这苍蝇处境冷酷残忍——
在同样的世界奔走着诗人：

并非天鹅，甚至不如柳莺，
临死前发出微弱的哭泣声。

而世界包裹着皮毛和羽绒，
挥手驱赶苍蝇，抱怨不停。

就这样不晓得罪恶的根源，
苍蝇冻僵了，它爬行缓慢——

掉进了人间最高贵的坟茔：
还有点剩余墨水的墨水瓶。

火灾

有个地方住宅着火啦！——
胡说八道，流言蜚语！
耳朵疼、牙疼、头疼：
人们关心的只有自己。

诗人李白掉进了井里——
那件事发生已经很久，
现在的种族遭到屠杀，
难道是我们下的毒手？

并非我们把那些居民
关进规模庞大的监狱，
流放到冰冻的科雷马①，
常年风雪笼罩的地区。

大火烧完了，熄灭了——
第二天晚霞依然火红！
万幸我们当中每个人，
都会装聋作哑不出声。

---

①科雷马河，位于俄罗斯西伯利亚东北部，流入北冰洋，全长 2129 公里。科雷马地区曾是苏联集中营所在地。

属相

——给伊丽莎白·戈奥尔吉·冯·乌尔利希

公鸡和马，猪和兔子，
老虎和蛇，羊和猎犬——
中国人给每年定个标志，
经过了精心挑选与计算。

每个人都有自己的属相，
这是终生不变的特征：
有些属相——不爱干活，
另外一些——心想事成。

有的属相——威武勇猛，
另外一些——劳累贫穷。
尽管我是出生在牛年，
可是我过得忍气吞声。

按属相我该孤独任性，
跟产奶的母牛们为伍。
按照日历编排人的高下，
智慧长者是否也犯错误？

湖

并非为鸭子们快乐:
湖泊——比天堂甜美。
玩耍的男孩子来了,
把一块石头扔进湖水。

湖泊激动起了波澜,
但只不过短短的一瞬,
湖面的涟漪笑了笑,
竟招惹得浮萍乱纷纷。

吐丝的蚕
——给尤·克鲁津施特恩

柔软发粘的丝，
绝好的材料，
作茧自缚的蚕，
蛇一般扭曲盘绕，
倾其所有
（毫无保留）。

同样发粘的诗，
供他人欣赏，
每年苦苦搜寻，
我写缅怀的篇章，
奉献所有
（毫无保留）。

创作

——给戈列勃·斯特鲁威①

难道每天夜晚都有
精神的台风造访我们？
我们以锐利的眼睛、
灵敏的听觉迎接客人。

把失聪、失明与懒惰
我们化为虔诚的祷告：
尽力延缓每天的脚步，
黎明前袭来阵阵风暴。

五次、十次、二十次
修改韵脚，反复推敲：
时而凭眼力稍作补充，
时而借听觉调整语调。

若智慧之光瞬间熄灭，
便只留下双手和耳朵——
离去的灵魂忧伤痛苦，
对诅咒神明决不宽恕。

---

① 戈列勃·斯特鲁威（1898—1985），俄罗斯诗人、批评家、翻译家、学者。1947 年起在美国伯克利大学任教。

三个邻家小姑娘

大海边的早晨空气凉爽。
台阶上三个邻家小姑娘：
白的、黑的、咖啡色的——
三颗露珠。一样的面庞。

咖啡色的、黑的、白的，
同样纯洁，同样新鲜，
人类之美如花朵开放，
只不过有点儿羞怯腼腆。

烈日炎炎，中午临近，
她们各自回家离开台阶，
咖啡色的、白的、黑的——
三个小姑娘一样的心。

蜗牛

所有亲切可爱的词语：
早晨、太阳、幸福和春天，
统统陷入了意识的深渊，
已经第四个夜晚失眠。

看不到头的煎熬在延续，
无尽无休——身处绝境：
行动缓慢的灰色蜗牛
又一次爬过了黎明。

中国人的信仰

如果命运是狼,或者只能跟刺猬通信,
那么你最好躺在床上,牢牢记住,
你有忠实的朋友,野兽修炼成的"魔",
这可靠的朋友爱惜我们施加保护!

因此我要尽快入睡,带着猎犬,
不知餍足的猎犬、疼痛和刺猬的信件。
"魔"将吞噬所有不祥的噩梦:
为我留下的只有温暖的日子和蓝天。

珠贝

珠贝体内一颗小沙粒，
无意之间会长成珍珠——
无声无息沉到水底：
不向人们喊叫痛苦。

我感受巨大的疼痛——
软体动物破碎的盔甲，
沿着黑色遗忘的天鹅绒，
加快了速度想往前爬。

昆虫学家

他喜欢甲虫和黄蜂，
喜欢有耐性的毛毛虫，
喜欢无忧无虑的蝴蝶，
喜欢顽皮轻佻的蜻蜓。

迷恋昆虫的蓝和绿，
充满探寻奥秘的热情，
踏着青草大步行走，
踩过草丛里的蚂蚁冢。

当山地的光线柔和，
为昆虫世界感到痴迷，
神魂颠倒兴奋不已。
手指上有乙醚的气息。

灵感

突发的痉挛让呼吸窒息：
随后产生第一丝构想——
比树根、树叶出现更早，
这是混沌之中的原浆。

继而是激流奔涌的旋涡，
四面八方的阵阵暴风：
音素、音节、音阶、音调，
燥热、寒冷、喧嚣、轰鸣。

陌生的空阔有无边界？
上面一层茂密的浮萍，
一阵阵疼痛闪光过后，
下面的沉积已经形成。

屏幕

我在前景里面跳舞、
奔波（庞大的影像很近）。
怎么不见世界？我的屏幕
无人察觉，连你也一闪而过！

所有这一切都像游戏：
要知道，世界看不见我，
丝毫也不难过——同样
为它的影子，为自己焦灼。

巴西之春

巴西不晓得有春天：
刚刚才度过严寒，
立刻就酷暑难耐，
可日历上倒是有春天。

我生来就相貌丑陋，
住在阳光明媚的国度，
却年年梦见北国之春，
梦中回归我的故土。

河流……炎热的花园
没有宽阔的大河：
即便我登上高山之巅，
竟然也看不到积雪！

原野如绿色丝绸，
晴空像蓝色天鹅绒……
我给自己斟一杯酒，
独自品尝内心的愁情。

我怀着心愿干杯，
为志向难遂的年代，
为古老的正字法，
为雪莲，为流冰涌向大海。

空气

诗歌产生于每时每刻,
并不需要特别的努力,
只要我们的胸膛里面
有一点点俄罗斯空气。

我们把空气带给人们
不是一点,而是很多,
所有的人呼吸都够用,
足以维持百年的生活。

剩下的只有一个办法:
从后贝加尔汲取空气,
如今我只能借助词典,
谱写葡萄牙语的诗句。

1987

我们用英语互相谩骂……

我们用英语互相谩骂，
因而交情断绝，
我们用葡萄牙语吵架，
一直未能和解。

你的负心伤害了我，
回来吧，我在哭泣——
世界语是爱的语言，
岂能容忍争执？

1987.6.1

北京的威尼斯

库兹明①、布宁②、勃洛克③的诗作
使我对威尼斯有所了解：
水雾蒙蒙——细雨中的明镜，
可是我对它总感到隔膜。

然而北京的亭台、宫殿——
让我难忘，眨眼的瞬间
心驰神往，那世俗的澡堂，
还有宝塔，彰显古典风范。

那里也有舟船，有运河，
有叫卖的少年声声吆喝，
有说书人讲述阴谋诡计，

人性卑鄙，不比长老更坏。
早晨的弥撒让我有些疲倦，
听一会儿，我就躲进书斋。

1987,6,1

---

①库兹明(1872—1936)，俄罗斯阿克梅派诗人。
②布宁(1870—1953)，俄罗斯诗人、作家,1933年获得诺贝尔文学奖。
③勃洛克(1880—1921)，俄罗斯象征派诗人。

附 录

◎序跋选译

《道德经》译者前言

　　按照传统的观点，把《道德经》的著作权归属于老子。但是老子（长寿的智慧长者）究竟是什么人？历史上是否存在这个李耳？是否有过这个老聃？庄周的著作里倒是多次提到过老聃，不过庄子著作里的人物有不少是作者自己杜撰出来的。

　　通常人们认为，老聃出生于陈国贵族，陈国后来被楚国吞并。史学家司马迁说过，老聃曾经是洛阳皇家档案的看守官，他为周朝的衰落而忧虑，辞去了职务，后来成了隐士，在秦国的边远地区活了很久很久才去世。

　　中国当代的研究者推断，有关《道德经》作者的三种论断相辅相成，并不矛盾。老聃很有可能担任过管理图书或者管理档案的官员，不过，《道德经》可能并非他的著作。作为首都管理档案的官员，他有时间接触那时候存在的大量书籍，毋庸置疑是那个时代读书最多，学问最渊博的人士。很有可能，当年孔子曾经向他求教。

　　有可能，《道德经》是老聃的言论集，是由老聃的一个学生或者几个学生在战国时期汇集成册的。就像孔夫子的儒家论著，从著作的风格判断，也能看出编撰过程留下的时代痕迹，不过，不能据此推断它属于汉代才出现的伪书。

运用任何一种欧洲语言翻译《道德经》，立刻就会遇到一系列难以逾越的巨大障碍。其中最主要的是该如何确定术语的含义。举例来说，首先遇到的非常关键的一个词"道"就几乎是不可译的。当然，这个"道"，并非指"道路"的道，也不是指"理性、智慧"，不是指"道德因素"的道，不是指"行为方式"，也不是指"宇宙"。最为接近其含义的是希腊哲学中的"逻各斯"，但是引入这个具有新柏拉图主义和基督教色彩的术语与中国的文化是南辕北辙、格格不入的。再说，不宜采用"逻各斯"一词还有语言风格方面的考虑：因为"逻各斯"同样不是俄罗斯固有的词汇！那么，究竟该怎样翻译"道"这个术语呢？仿效郑麟（后面我还会讲到他），我把"道"译为"真理"，虽然并不完全准确，正像郑麟自己在前言中所说的，"道"并非"真理"，它比真理更具体，也更有活力。

翻译"德"这个词同样艰难。这个词最接近希腊哲学中的"калокагафия"，是善与美的结合，而不是指智慧，也不是指德行，不是指天性。接下来极为困难的是选择原作的文本。众所周知，在中国《道德经》按照内容和叙述顺序分为八十一章。《道德经》不是分为两部分，而是分为四部分。《道德经》有古代抄本，在我们这个世纪初期，不同的学者所抄的《道德经》彼此有不相一致的地方。在中国君主制末期，已经知道《道德经》大约有三百三十五个不同的抄本，有的抄本附有注释。

两千多年来累积了无数的抄写错误和语序的颠倒错乱。许多字陈旧了，难以辨认了；有些地方被"新词"取代。老的注释片段也常常被误认为是正文而收进文本当中。

直到17世纪通过不同文本的比较，才开始对《道德经》文本进行科学的批评。此后出现的还有对文本语言的批评。历代学者对《道德经》有大量的著述，其中要排除各种各样衍生的、宣扬"神秘"的巫医术或是炼金术。

《道德经》的核心观念是有关"无为"的学说，倡导回归自然，为此人必须克服自恋，摆脱社会的名缰利锁。老子、老聃、庄周的思想与孔夫子的儒家学说是对立的，表现为思辨的升华与飞腾，突破形而下的局限，令人头晕目眩。

《道德经》以及后世的道教学说与中国人的智慧显得格格不入，以至于有些人断定它和婆罗门教以及佛教有亲缘关系。中国和印度陆地毗邻，很久以来海上的来往始终没有断绝。

据《法苑珠林》记载，公元前217年印度僧人就已经出现在西安。公元前214年秦始皇下令摧毁国内的佛教寺庙。这种极端的措施说明了佛教被视为严重的威胁。

在汉朝末期，老聃和他身份复杂的追随者渴望佛教再次走上复兴之路。而佛教的传播不可能不对道教学说产生影响，从而使道教对印度人的信仰有所借鉴。随着时间的发展，两个宗教相互渗透，现在很难说清楚它们相互借鉴的起止时间了。

老子和老聃在公元7和8世纪都被正式封为神明：老子是玄元皇帝，老聃是太上老君。随着时代的变迁，产生了很多神话传说和迷信，因此，今天只能在《道德经》和庄子著作中寻找有关"道"的学说。

欧洲的汉学家早就对《道德经》阐述的深邃哲理给予高度评价，对其优美的诗意更是赞赏有加。1788年《道德经》就有了拉丁文译本，随后出现了英、德、法、俄以及其他语种的十几个外文译本。很多时候由于依据的文本不完整，导致原作的意思被曲解，甚至出现严重的错误。

本译文所依据的是学者郑麟1949年在上海出版的版本，同时还参考了不太完善的英文译本（LaoTzy, *Truth and Nature*）。郑麟所采用的文本出自高衡之手，高衡仔细比较了王弼（公元3世纪前半叶）和其他24个古代抄本，经过长期研究，剔除了衍生的异文，对各个章节也做了重新编排。1956年中央研究院出版了经过高衡整理净化的《道德经》文本。

顺序经过重新编排的《道德经》显得更加连贯，不过在新的版本中仍然有重复之处，这可能违背了编者的初衷。遵循郑麟的编排顺序，我在新编顺序号旁边的括弧里标出所谓得到公认的序号。

郑麟在他撰写的序言中说："这本书原作绝大部分是用

诗写的。"他还有几分天真地补充说："用诗体翻译这部经典著作，难免会限制表达的自由，很难实现确切的移译，即便不是不可译的话，肯定会增加翻译的难度。"有些小册子说，《道德经》并非用诗体、而是用有节奏的散文写成的。这种说法看似有道理，遗憾的是，那些把《道德经》看作有节奏的散文的译者，毫无例外地都忘记了它的节奏，把诗一样的典籍翻译成了普通平常的散文，接近"公文体"，充满了花哨的"异国情调"，外加一些源自希腊和罗马的术语。在西欧和美国有很多故弄玄虚的骗子，甚至有这样的出版社，打着《道德经》的幌子，恬不知耻地鼓吹宣扬神智学。

《道德经》的第一个俄文译本出自科尼西教授（Д.П. Кониси）之于，1892年出版。诗人巴尔蒙特曾用自由诗体（即白诗）翻译《道德经》，但是有大量的删节（收入诗集《远古的呼唤》）。

第三个俄语译本高度重视科学性，1950年由苏联科学院出版。译者是生活在莫斯科的中国人杨兴顺。这个译本虽然很准确，但是谈不上任何艺术成就。

以诗体翻译《道德经》志在表明，运用俄语以诗译诗确实困难，但并非不可行，尽管从事翻译的诗人"束于束脚"，他必须严格遵守一条戒律——不使用非俄罗斯词语（甚至包括"идея"〔思想〕、"мораль"〔道德〕以及"стратег"〔战略家〕这样的词汇）。原作押韵的词句，译文也力求押韵，再现原作的叠句，阳性韵更受器重（以凸显古汉语单音节词的结构特点）。中文诗歌语言的简洁凝练得到了保留，当然尚未达到理想境界，不过，我尽力避免"过分华丽"和"自作主张"。

上海版的《道德经》令人欣喜，可惜偶尔也有排印错误和疏漏。对于这样的错讹我尽力给予纠正。在少数几个地方我斗胆做出了不同于郑麟的解释。

《道德经》的文笔像长诗一样优美，因此我翻译的时候依据不同情况分别采用了抑扬格、扬抑格、抑抑扬格，或者三音节诗格的变体。要想使用统一的格律是不可能的，我也没有这样的奢望，因为那也不是哲理长诗作者的追求。

瓦列里·别列列申译自汉语

1971年于里约热内卢

关于《道德经》的译者

叶甫盖尼·维特科夫斯基

瓦列里·弗朗采维奇·萨拉特科–别特里谢（1913年7月20日，俄罗斯伊尔库茨克—1992年11月7日，巴西里约热内卢），以瓦列里·别列列申为笔名进行写作，是俄罗斯侨民文学第一浪潮杰出诗人之一。1920年跟随母亲到了中国的哈尔滨，在北满工学院学习法律和汉语。从三十年代初期开始在中国和欧洲的俄文期刊上发表作品。1937年出版了第一本诗集。此后出版了一系列诗集，翻译了中国古典诗歌集和屈原的长诗《离骚》，撰写了有关俄罗斯人1930—1940年期间在中国从事文学创作的回忆录，还写了其他一些著作。

1939年他成了东正教的修道士，随后离开哈尔滨，到了北平，在俄罗斯东正教教士团内任职，直到1943年。后来辞去教职，迁居到上海。1952年离开上海，到了巴西的里约热内卢定居，成了巴西最早的俄罗斯侨民之一，不断地在美国和欧洲的报刊上发表作品。

别列列申跟本文作者的友谊起始于1971年，一直持续到诗人去世。从1988年开始，别列列申的作品开始在他的祖国俄罗斯刊载。这里初次问世的是他一生当中最重要的学术研究成果——中国古代经典《道德经》的诗体译本。

　　传统的文学评论家把别列列申称呼为"南美洲最优秀的俄罗斯诗人"，他为俄罗斯文学奉献了无价的艺术瑰宝：从他的诗体译本当中，我们不仅能够感受原作的思想内涵，而且能够领悟原作的深邃和优美，由此不难体会，《道德经》不愧为人类精神文化最宝贵的财富之一。

俄译本《离骚》译者前言

诗人屈原大约生活在公元前3世纪，他所写的长诗《离骚》——是一部伟大的"涉及政治与爱情的悲歌"，其中充满了联想和象征，同时又具有无可比拟的美感。

毫无疑问，《离骚》并非由"民歌汇集而成"。长诗出自一个人的手笔。作品有一个主题：所谓"离骚"，意思大致接近于"克制哀痛"。

《离骚》的作者——屈原，是中国古代先王的后裔，他道德高尚，才华非凡，出身于贵族世家，自信可以成为君主最亲近的大臣，甚至成为王者之师。屈原生在楚国，他曾经是楚怀王的重臣，担任左徒之职。他尽力劝说怀王，让他意识到日益强大的秦国是楚国最大的威胁，楚国君主应当联合其他国家共同抵抗秦国，可是怀王犹豫不决，受到周围佞臣和后妃的蒙蔽，一心沉迷于享乐。楚怀王逐渐疏远屈原，后来就把他解职、流放（曾被任命为出使秦国的使节）。

屈原以幻想的方式表现他跟国王之间的关系（这种方式深深地根植于中国诗歌传统之中）。被遗弃的"情人"起程上路周游世界（也就是走遍中国），到处寻找"未婚妻"，也就是寻找另一个能够听从他劝说的国王。

俄罗斯精短文学经典译丛·诗意心灵系列

  哪里也寻觅不到"未婚妻",诗人仿效古代投江的彭咸,纵身跳进汨罗江而死。此后不久,楚怀王应邀出访秦国,被囚禁而死。又过了十五年,楚国终于被秦国吞并。

  每年农历五月初五,中国各地组织龙舟比赛,这一天还要包粽子投进江河——以此祭奠和纪念屈原。

  经过对各种典籍史料的研究与比较,可以断定屈原出生日期比公元前338年稍早,而公元前288年还活在人世。

  作为《离骚》俄语译本的翻译者,节奏与格律相比,我更倾向于注重前者,这样能更好地传达长诗节奏的多样性。原作只有偶数行采用韵脚,而奇数行末尾多用一个"兮"字,译文中没有必要生搬硬套。有许多植物名称被我省略或者简化了。

瓦列里·别列列申

164

俄译本《离骚》译者后记

屈原的名字在中国受到高度尊崇，或许可以这样说，就像在俄罗斯，波扎尔斯基公爵[1]、库兹马·米宁[2]、伊万·苏萨宁[3]、大司祭阿瓦库姆[4]，每个名字都受到人们尊崇一样，或许这些名字加在一起，也赶不上屈原的声望。每个中国人，大概从上学读书开始，就知道屈原这部伟大的长诗，知道诗人的悲惨遭遇。

很多诗人写过屈原。在数以千计的诗词当中，有一首戴叔伦所写的《三闾庙》。戴叔伦，字幼公，唐朝诗人，永州生人[5]。这首诗的标题含义是：现位于湖南省芷江县的"三个氏族之庙"——纪念源于国王的三支后裔：周、屈、景。

戴叔伦原作的诗读出来是这种声音（用俄语字母标音）：

沅湘流不尽，屈子怨何深。
日暮秋风起，萧萧枫树林。

---

[1] 波扎尔斯基公爵(1578—1624)，俄罗斯军队统帅，民族英雄，曾领导俄军抗击波兰入侵。
[2] 库兹马·米宁(?—1616)，俄罗斯军队将领，人民英雄，在保卫莫斯科的战斗中功勋卓著。
[3] 伊万·苏萨宁(?—1613)，17世纪初俄罗斯反抗外敌入侵的英雄，把敌军引入森林沼泽，壮烈牺牲。
[4] 阿瓦库姆(1620—1682)，俄罗斯分裂教派领袖，思想家，与官方教派斗争，多次被放逐，最后被沙皇下令处以火刑而惨遭杀害。
[5] 戴叔伦(732—789)，生于金坛(今属江苏)，别列列申此处记述有误。

俄罗斯精短文学经典译丛·诗意心灵系列

《团扇歌》俄译本序言

一个民族，绵延五千年，生生不息，可以说，它把自己的全部心灵都融入了文字，谱写了浩如烟海的诗歌。古典诗人数不胜数，每个人都与众不同，独具个性，因此，对这样的诗歌要想给予概括简直是不可能的。

所有诗人的作品不仅具有文学价值和历史意义，而且也关涉到诗人的仕途升迁，须知国家考试制度所要求的与其说是创作才能，毋宁说是熟练掌握古圣先贤的教诲："子曰""孟子曰""诗经曰"等等，对四书五经的注释要烂熟于心。熟记和引用经典的能力，实际上考验着"秀才""举人""进士""翰林"们的才具高低。因此诗人们高度重视并传承前辈的杰作。中国古典诗歌的一系列特点都跟中国文化这种陈陈相因的性质有关。

中国古代诗人热衷于引用古诗中的词句，即便是黄金时代（公元618至913年的唐朝）的诗人亦概莫能外。西方诗人不喜欢引用前辈诗人的词语，因为在他们看来，抒情诗属于个人体验，最能体现个性。而在中国却并非如此：经典诗人的作品当中充满了历史的回忆，对某些事件和文本的暗示，作者以为读者对此都有所了解——事实上未必如此，他们往往借用经典文本和前辈诗人的某些诗行或词句来表达自己的感受。

中国古典诗歌的第二个特点是：得到公认的约定性。某些隐喻世代流传，总是一再重复。比如写到月亮，一定要用"玉盘""冰轮"或者"金环"，写到太阳，往往要用"火龙""飞鹰"。模仿和借用从来不被认为是罪过。即便是伟大的李白，也从前辈诗人借用了许多词语和典故。

采用律诗的语言来形容，传承在中国诗歌中处于主导地位，成功的先例世代流传，逐渐成为诗人竞相遵循的范例。这样一来，经典诗歌就获得了循循相因的特征。韵律和节奏相当严谨：古体诗在形式上相对自由，律诗的形式更加严格，平声仄声相互交替成为格律的基础，这跟日常生活中的语言已相去甚远。除了这些音韵规定之外，还要求对仗工整，尤其是绝句的第一和第二两句必须形成对句，这种形式上的严苛规定被唐朝诗人奉为圭臬，可后来到了宋代就成了令人沮丧的枷锁老套了。

此外，汉语是单音节语言，每个音节（每个字）都有重音。俄罗斯诗歌当中偶尔有类似诗句，其人为的特征显而易见，比如玛丽娜·茨维塔耶娃创作的诗行：

　　Конь рыж, меч ржав;
　　Кто сей? —— Вождь толп.

马红，剑锈；
是谁？匪首。

而在中国诗歌当中，这样的诗句就算不上呕心沥血的典范，因为汉语的文字没有形态变化，一个个单字构成了相对封闭的诗句。这也是汉语诗节奏单调的原因之一。严格的"律诗"由缺乏变化的诗行构成，通常是四句，每句由五个或者七个字组成。一般是偶行押韵，或者一、二、四行押韵，四行全都押韵的非常罕见。

与唐诗不同，另一种形式的"词"，形式较为灵活，词句有长有短，但也有严格的规定，同样讲究对仗（比如"去年"对"今年"），还有多变的韵脚（变韵最多可达八次）。词的形式多种多样。我们知道的词牌有五十多种，其中每一种音韵的复杂程度决不亚于西方的十四行诗。

从上述情况不难发现，中国诗人在创作中受到种种束缚：词语、节奏、音韵、调式、内容的表达，清规戒律很多，尽管有多种要求，但是诗人却能应付自如，写出好诗。充分考虑到中国古诗多方面的严格规定，我们翻译时大致遵循以下几项原则：

1. 采用五音步抑扬格翻译五言诗，用六音步抑扬格翻译七言诗，所有译作，大体都遵循这样的格律。

2. 鉴于汉语不具备词尾形态变化，押韵都属于阳性韵，译文韵式安排则有所变化。

3. 中国古诗押韵严格，多采用元音重复，对这种押韵方式我们则有意回避。

4. 鉴于原作多采用偶数行押韵（第二行与第四行押韵），奇数行不押韵，我们让所有诗行都押韵，韵式较为灵活，或采用相邻韵，或采用交叉韵。

5. 翻译长诗和词，我们采用多种格律（扬抑抑格、四音节格律、缺抑音律），视不同的作者而有所变化。

6. 所有广为流行的中国古诗选本几乎每篇原作都附有大量注释。因此我们在译本末尾对相关作者、作品给予简明扼要的介绍，对某些词语给予解释。

至于牵涉到作品内容，诚然，三言两语是难以概括的。与古希腊罗马和欧洲的抒情诗不同，中国古诗当中，主题大都涉及乡愁，朋友离别，关注人生，而并非赞美爱情。如果说西方诗歌以情感和欲念见长，那么中国古诗则更富有精神探索与哲理思考的意味。不过，这里涉及到心理结构和世界观等问题，需要另行探讨。

中国古诗类似绘画中的素描，又像是笔触精微、色彩清淡的图画，因此我们特别忌讳某些译者"浓笔重彩"的译法：他们以欧洲人的眼光看待其他民族的作品，在他们看来，中国的诗歌过于"苍白"。基于这样的理念，他们就大胆落笔，毫无拘束地任意想象。

比如，有位女翻译家坦然承认（附带说，她并非依据汉语原作，而是依据某种欧洲语言的译本进行翻译），她觉得中国诗人描绘的很多景物都过于灰暗、单调，过于散文化，她认为"春天来了"这样的词语过于"平淡"，于是毫不愧疚地加重"诗的色彩"，翻译成这样的诗行：春天隐隐扇动神秘的翅膀。

我们认为，这种随心所欲任意添加的译法极不可取。其实，翻译中国古诗，往往需要压缩，损失不可避免，有些名词，有些重复的词语，某些过于繁复的细节，统统要给予压缩。须知中国诗极为精练，比如四句五言古诗，二十个字可能包含着二十个概念。而俄语单词，平均由两至三个音节构成（超过三个音节的词大量存在），因此，四句译文充其量最多只能容纳十个单词。我们不想让诗行加倍，不愿意把四行翻译成八行，要知道，凝练的短诗——体裁特殊，具有难以形容的艺术魅力，假如把四句短诗增加词语翻译成八行，原作的艺术魅力将丧失殆尽。四行诗还是八行诗，显然具有很大差别。只有一两篇诗歌译文我们增加了诗行，原作八行，增加两行，译成了十行。

读者在这本翻译诗集当中能找到王维的一首诗，原作四行，译者依然译成四行。而我们在前面提到过的那位女翻译家却把这首诗译成了十二行：

先生啊，你可回来了，
来自我出生的地方，

我的家乡平原辽阔，
我在那儿度过青春时光。

可喜你带来家乡信息，
你谈到了我的村庄。
那里的阳光十分明媚，
照耀着我家的住房。

透过窗帘你可曾看见，
我们的梅花已经开放？
快，请你赶快告诉我：
那梅花是否依然馨香？

这首诗超过半数的词语都是译者"自出心裁"的编造，是多余的，毫无必要的累赘词句。中国的文学语言极其凝练：因此译文中不仅要尽量少用前置词、关联词，甚至常常舍弃代词。不受任何节制地增加诗行，或把诗行变成转述的分行散文，不仅不利于"等值地传达原作诗意"，甚至会损害原作底蕴，完全败坏了读者的印象。上面引用的例子标题为《窗前梅花》，这朵人为编造的花跟那朵窗前梅花相互之间的距离实在遥远！

瓦列里·别列列申

◎评论文章

诗人、翻译家、文化使者
——俄罗斯侨民诗人别列列申和他的诗歌

谷 羽

我国唐朝诗人刘皂，名不见经传，却写出了一首非常有名的七言绝句《旅次朔方》（又题《渡桑干》）：

客舍并州已十霜，归心日夜忆咸阳。
无端更渡桑干水，却望并州是故乡。

诗人客居并州十载，日日夜夜想返回家乡咸阳。出乎意料的是，非但回乡无望，忽然一纸调令传来，他必须渡过桑干河，到更遥远更荒凉的塞北去任职。官命难违，只好收拾行装启程。住在并州的时候思念故乡；可一旦要离开这个城市，却突然产生了依依不舍的感情，觉得它像故乡一样亲切。这时候想留在这第二个故乡也成了奢望。短短四行诗，把小人物备受命运捉弄的复杂心理，把抒情主人公的尴尬、悲凉与无奈表现得淋漓尽致。

俄罗斯侨民诗人别列列申的经历，与这位中国诗人颇为相似，只不过境遇更加坎坷。他出生在俄罗斯，七岁时随母亲来到中国，在中国生活了三十多年，写了许多怀念俄罗斯的诗，却难以实现返回祖国的梦想。后来，形势所迫，他又不得不离开中国，漂洋过海去了南美洲的巴西。他有一首诗题为《无所归依》，诗中说"中国有爱，巴西自由"，但俄罗斯是他的根基。他觉得自己有三个祖国，却不得不四处漂泊流浪。

在侨居里约热内卢的岁月里，他不仅思念俄罗斯，也常常怀念中国。为了排解忧烦，他开始把中国的古典文学作品译成俄文。他翻译了屈原的《离骚》，翻译了李白、李商隐、杜牧等诗人的诗作，还翻译了老子的《道德经》。他对中国的文学艺术真可谓一往情深。明知不能出版，却仍要翻译，说明中国文化成了他的精神慰藉与寄托。

这位诗人是在苦恋中漂泊，在漂泊中苦恋。尽管生活艰苦，但他心中有爱，爱俄罗斯，爱中国，也爱巴西。苦恋，最终变成了他的财富，成了他诗歌创作取之不竭、用之不尽的源泉，从而也成就了他的诗名。这位诗人在促进俄罗斯与中国，俄罗斯与巴西文学与文化交流方面做出了杰出贡献，俄罗斯人，巴西人，中国人都应该记住他的名字：瓦列里·弗朗采维奇·别列列中。

世界上各个国家、各个民族之间的文化和文学是彼此沟通、互相交流的，既从对方接纳自己需要的东西，又向对方施加影响。但是，一个民族对另一个民族文化与文学影响的接受，"是通过民族中成员个人的接受来实现的"①。"好的文学翻译家和好的文学家一样，是作为民族的代表者在接受着外来文学的影响。他不仅仅是自己接受，而且还要比一般文学家更为直接地把自己接受过来的东西让本民族广大读者去接受"②。在这一方面，侨民文学家能够发挥积极而重要的作用，成为国与国之间，民族与民族之间文化与文学沟通的桥梁。别列列申就是这样一位民间的文化使者。

俄语是别列列申的母语，但他也精通汉语、英语，后来又掌握了葡萄牙语和西班牙语，这对他深入了解不同的民族文化背景，对他从事写作与翻译，提供了极大的便利。别列列申七岁时，跟随母亲来到中国，先后在哈尔滨、北平、上海生活长达三十二年，说他是个"中国通"，绝不为过。他在中国期间，先后出版了四本俄文诗集。其中很多作品和他在中国的生活有关。读一读他的诗，看看半个多世纪以前这位俄罗斯侨民诗人心目中的中国是什么样子，是一件很有意思的事情。

从别列列申的诗歌作品不难发现，诗人熟悉中国的山川景物、风土人情。他发自内心地认同中国的文化，热爱中国文学、艺术和语言。他的诗明显受到了中国古典诗歌的影响，从意境到意象都有几分中国诗词的情调和韵味。

在中国，诗人游历过很多地方：从松花江边到长城脚下，

---

① 智量，《俄国文学与中国》，华东师范大学出版社，1991年，22页。
② 同上书，25页。

从华北平原到江南水乡，从上海滩到西子湖畔，处处都留下过他的足迹，同时，四处游览也不断地激发他的灵感，他的诗篇源源不断地写出来。1939年秋天，正是观赏香山红叶的季节，别列列申到了北平。这座古老的都城给他留下了特别美好的印象。从《中海》一诗，可以看出诗人悠闲喜悦的心境：

> 整个夏天有荷花开放，
> 平静的湖水一片碧绿，
> 我常在这里休闲散步，
> 岸边的小路弯弯曲曲。
>
> 从这里看得清清楚楚，
> 往昔岁月的无言见证——
> 那是皇帝的一条古船，
> 还有岛上的梦幻凉亭。

诗人喜爱这里的湖水、荷花、松林，对"人间仙境"发出了由衷的赞叹：

> 花园当中我最爱中海，
> 爱水色澄碧水面宽广：
> 此地岂非神仙的天堂？——
> 法衣洁净才有幸观赏！

诗人当时在俄罗斯东正教驻北平传教士团工作,担任该团图书馆图书管理员,大概是凭借这种身份才有机会到中海游玩。他觉得人生短暂,如无形幽魂倏忽飘过,有幸在荷花飘香的皇家园林信步漫游,实在是上天赐予的奖赏。

他的《从碧云寺俯瞰北平》一诗,有这样的诗行:

身为游子长期无家可归,
我站在白色大理石柱子旁,
脚下是一个庞大的城市,
人们熙熙攘攘喧嚣如海洋。

我站在高山之上,碧云寺
庙宇高耸,巍然壮观,
如此庄严,名利烟消云散,
只听见永恒的风在呼唤。

诗人渴望停止漂泊,像鸽子飞回方舟一样,来碧云寺隐居,躲进松林,忘却荣辱,避开人世间的雷雨风暴,默默无闻地度过一生。诗句流露出消沉避世的情绪,作为东正教的修道士,有这种想法并不奇怪。有意思的是,这种避世隐居的思想,隐约透露出道家清净无为的意绪。

《游山海关》一诗,既刻画了群山中"天下第一关"的雄伟,也真实记录了历史的沧桑,"历次战火毁坏了无数城垛，/沉重的塔楼已快要塌陷"。山脚下的荒村，饭店里卖笑的胡琴声，都被聪慧机敏的诗人收入了诗行。

《游东陵》的两行诗，"陵墓中埋葬着列位帝王，/他们梦见征战与盛宴。"词句凝重，隐含嘲讽。诗的最后一节特别值得玩味：

陵墓墓门的拱形墙壁，
满是图画、姓名与诗篇。
我们也用尖尖的石头，
把野蛮的名字刻在上边。

诗句有幽默调侃色彩，但又相当真实。帝王陵寝的威严，与游客的随意涂鸦形成反差。"野蛮"二字同样隐含着对比，诗人知道中国拥有悠久的历史，当李白仗剑漫游、饮酒高歌的盛唐时期，俄罗斯还是一片荒芜，因此诗人自称蛮夷，入乡随俗地题名留念也就不足为怪了。

别列列申还有一首抒情诗，题为《香潭城》，浓笔重彩，音韵和谐流畅，写得格外动人：

黎明，云彩飘逸想休息，
早早飘向香潭城，
清风吹向香潭城，
河水流向香潭城。

白天，鸽群飞向山冈，
山冈后面是香潭城，
傍晚，霞光像只五彩凤，
它愿栖息香潭城。

微笑向往香潭城，
幻想聚会香潭城，
胡琴赞美香潭城，
花朵倾慕香潭城。

　　诗人从黎明、白天、傍晚，直写到夜晚，夜色"挥舞天鹅绒的旗，/寂静笼罩了丘陵"，他匆匆逃出监狱，梦中飞往香潭城。到早晨，原路返回他服刑的牢笼。抒情时间线性发展，形成了一个螺旋上升的环状结构。为什么香潭城让诗人如此魂牵梦绕，心驰神往呢？原来，香潭城是他的"幸福仙境！"至于为什么是"幸福仙境"，诗人却守口如瓶，只字未提，从而造成悬念，给读者留下了广阔的想象空间。你可以推测：那里有他的情人？有他的挚友？有艺术上的知音？有他难以忘怀的美丽风光？……好像是，又好像不是。在思索求解的过程中，你会进一步感受到这首诗朦胧的意境所生发出的魅力。
　　这首诗另一个鲜明的艺术特色就是采用了"重叠"的修

辞手法，全诗二十四行，"香潭城"一词竟然出现了十二次，平均两行出现一次。在一首诗中，一个词重复频率如此之高，确实罕见。但是你并不觉得诗句累赘啰嗦。究其原因，是诗人调动了一切艺术手段来强化这个中心意象，云彩、清风、河水、晚霞、微笑、幻想、胡琴、花朵、梦境、朝雾，全都围绕着香潭城，聚拢在香潭城。如果把这首诗比喻为一支乐曲，香潭城是旋律中反复出现的最强音；如果把这首诗比喻为一幅画，那么，香潭城处于光线最明亮的中心位置。它给读者留下美好的印象、长久的回味，实在是水到渠成十分自然的事情。

　　诗人别列列申喜欢中国的诗词、绘画、音乐，并且有相当深刻的了解和认识。他欣赏杜牧的诗《山行》中的诗句"霜叶红于二月花"，就以《霜叶红》为题写了一首诗：

霜叶红——说起来多么奇妙。
中国有多少聪慧的词句！
我常常为它们怦然心动，
今天又为这丽词妙句痴迷。

莫非枫叶上有霜？但是你——
乃是春天鲜艳娇嫩的花朵！
你说："春天梦多色彩也多，
秋天吝啬，秋天很少树叶。

秋天干净透明，忧伤而随意，
秋天疲倦，不会呼唤生命。
秋天的叶上霜是冰冷的铠甲，
秋天傲慢，从不喜欢爱情。"

不错，但秋天中午的太阳，
仍以热烈的光照耀枫树林。
总有短暂瞬间：霜雪融化，
让我目睹霜下红叶与芳唇。

中国唐朝诗人杜牧的清词丽句给了别列列申以灵感，使他写出了一首非常美妙的爱情诗。这里既有借鉴，又有创新。诗中的少女与爱慕她的诗人显然有着年龄上的差距。少女喜欢多姿多彩的春天，对秋天表示冷漠。诗人巧妙地回答说，秋天中午的太阳，以热烈的光照耀枫树林。他相信，总有霜雪融化的瞬间，让他目睹霜下红叶与芳唇！多么美好的意境！多么富有诗意的情境！少女单纯，诗人执著，读者怎能不为之"怦然心动"？

中国绘画，是别列列申诗中多次涉笔的题材。诗人格外欣赏中国的山水画。在以《画》为题的一首诗中，他赞美中国国画大师笔触轻灵，格外神奇。

峡谷在下，绿草如茵，
牛羊走来，牧童吹笛，

人生的目的不宜渺小,
仿佛是这画中的真意。

上面的山岭有条小径,
攀登山径者当受鼓励,
樱桃树开花花团锦簇,
树木的荫凉凉风习习。

悬崖上孤松凌空,山中有贤哲隐居。诗人被这情景吸引,他表示:"只要死神还追不上我,/只要我还能四处游历,/我知道,我这一颗心/必来此观赏山的神奇!"俄罗斯诗人常常写雪原,写森林,写大海,但很少写山。能够欣赏"山的神奇",标志着别列列申对中国传统文化中"山水诗"的认同与亲近,诗人想必知道中国"仁者爱山,智者爱水"的古训。

诗人别列列申之所以热爱中国,源于他对中国文化传统的理解和认同。他不仅精通汉语,熟读中国诗词,对中国儒家、道家的学说也有所涉猎。《湖心亭》(1951)一诗记述了他在杭州西湖的一次经历。在湖心亭的庙宇里,他观看了一位法名智化的僧人画家的壁画。

无名的智化来到这里,
他是画家,也是和尚:

一幅幅图画语言精妙，
似在墙壁上放声歌唱。

啊，这荷花永不凋谢，
雨中的荷叶卓然挺立，
有几位圣贤不知疲倦，
端坐在松林的浓荫里。

荷花，出污泥而不染；松柏，冒酷寒而不凋。这都是中国传统文人高尚情操的象征。圣贤端坐松林，寄情山水，怡然自得，物我两忘，这与道家清静无为的思想已经合拍。对中国文化没有深入的了解，肯定写不出这样具有中国情调的作品。

依依不舍离开了寺庙，
我们将重新看待生活，
生活的画卷斑驳多彩，
我们的心将变得温和。

须知芦苇和花上蝴蝶，
同样也可以生存久远，
只要用妙笔轻轻描绘，
翩翩性灵凝聚于笔端。

生命短暂的蝴蝶，经过画家妙笔点染，居然可以获得持久的艺术生命力，诗人由衷地赞叹中国画家的高超笔法。这首诗还使我们有理由推测，诗人读过庄子，熟悉庄生化蝶的故事。

胡琴，是中国的民族乐器。一般的俄罗斯人更喜欢钢琴、提琴等西方乐器，未必把胡琴看在眼里。别列列申长时间生活在中国平民之间，所以对胡琴也有了感情。请看他在《胡琴》一诗中听到琴声的感受：

一把普通的木制胡琴，
配上尖锐高亢的弓弦——
但是这痛苦扣人心扉，
像离愁的笛音，像烟。

更像是初秋天气阴郁，
蛐蛐鸣叫，菊花凌乱，
树叶飘零，蓝雾迷蒙，
依稀显现青紫的山峦。

诗人对胡琴声的描写多么奇妙，他的想象力又是何等丰富多彩！声音有了形象，有了色彩，诗人运用"通感"的艺术手法十分娴熟，可谓达到了出神入化的地步！他坦然承认，这琴弦拨动了他的心弦。

> 由此一颗心出现变化：
> 盈盈泪水模糊了双眼——
> 我与缪斯这高尚女俘，
> 一道分享他人的辛酸。

只有在苦难中漂泊的诗人，才会如此善解人意，如此富有同情心。别列列申喜爱中国诗词，浸润日久，潜移默化，自然受到影响。他的诗歌作品往往出现中国诗中常有，而俄罗斯诗中少见的意象，比如茶叶、扇子、松树、菊花等等。而他笔下的荷花犹为传神。这里不妨引用《最后一枝荷花》（1943）的诗句为证：

> 九月初的日子，
> 不再热似蒸笼，
> 北海公园园林，
> 晚霞照得火红。
>
> 远方呈现淡紫，
> 透明而又纯净。
> 百花一度矜持，
> 如今花朵凋零。

花茎变得干枯，
四周笼罩寂静。
最后一枝荷花，
旗帜一样坚挺。

荷花不惧伤残，
傲骨屹立亭亭，
俨然古代巨人，
独臂支撑天空。

  百花凋零的秋天，荷花虽已伤残，却屹立不倒，像旗帜，像勇士，敢于独臂支撑天空，傲骨铮铮，一副英雄气概。诗人虽然独自飘零，却执意为自由吟唱。原来荷花的不屈不挠，是诗人内心精神世界的写照。

  别列列申把中国、巴西与俄罗斯并列，坦然承认中国是他的第二祖国。在题为《三个祖国》的抒情诗中，他说中国是丝绸与茶叶之国，扇子出名，荷花很多。他认为汉语既单纯又复杂，诗人为这种美妙的语言着迷，他形容说，用这种语言说话的应该是天堂的使者。

  诗人写过一首题为《来自远方》的抒情诗，满怀深情地回忆了他在中国期间的一段爱情经历。他坦然承认，曾经爱过一位中国姑娘。他常常幻想自己变成了一只鸟儿，飞回中国,在他心爱的姑娘头顶上空盘旋飞舞,啁啾鸣叫,以期引起她的眷顾。诗人断言,即便在临终时刻,他必定要魂归中国!

> 我的一颗心返回那可爱的境界,
> 为的是殉情,我这颗痴迷的心,
> 在那里曾经勇敢、自由又真纯,
> 在那里燃烧……早已烧成灰烬。
>
> 但燃烧的心还活着,活在灰里,
> 过了这么多年,几乎快要窒息。

新颖的意象,独特的构思,真挚的语言,赋予这首诗以强烈的感染力和持久的艺术生命力。

真正的好诗能经得起时间的考验。正如俄罗斯诗人茨维塔耶娃所言:"我的诗像珍贵的陈年佳酿,总有一天会受人青睐。"1992年诗人别列列申在巴西去世,最终也未能返回祖国俄罗斯,这成了他难以瞑目的遗憾,然而诗人略感欣慰的是,他的作品毕竟返回了俄罗斯,上个世纪80年代末,俄罗斯报刊开始发表他的诗歌,他的诗体译本《道德经》1991年发表在《远东问题》杂志上,成了流转最广、最受关注的译本,俄罗斯人终于容纳了这位远方的游子,承认他是杰出的侨民诗人。

2002年12月，哈尔滨北方文艺出版社出版了李延龄先生主编的五卷本《中国俄罗斯侨民文学丛书》，我翻译了其中一本诗集《松花江晨曲》，里边收入了别列列申的三十多首诗作，这是俄罗斯侨民诗人别列列申的作品第一次翻译成汉语，作为别列列申诗歌的译者，我的心深深地受到了感动，诗人对于中国文学的渊博知识，对于中国文化的认同，诗人的真情实感以及对于诗歌创作的执著，都让我永难忘怀，但愿热爱诗歌的朋友，有机会阅读别列列申的作品，并记住这位诗人、翻译家，记住他译过老子的《道德经》，译过屈原的《离骚》，译过王维、李白、杜甫、苏轼的诗歌，记住他把中国视为自己的第二个祖国，记住他是一位默默无闻、但却做出了巨大贡献的民间文化使者。

载上海《外国文艺》2007年第5期

心系中国，魂系俄罗斯
——俄罗斯侨民诗人别列列申

谷羽

人心实在奇妙，说它小，仅容方寸，说它大，能包容世界。这位多年居住中国的俄罗斯侨民诗人，虽浪迹天涯海角，心中却依然牵挂中国，牵挂俄罗斯。他默默地写诗，反复吟唱的主题，就是思念两个祖国，两处故乡。这位终生漂泊的诗人就是——瓦列里·弗朗采维奇·别列列申（Перелешин Валерий Францевич，1913–1992）。

别列列申出生于俄罗斯西伯利亚的伊尔库茨克，父亲是工程师，白俄罗斯贵族后裔，曾在中东铁路局任职。瓦列里跟随母亲从俄罗斯的赤塔来到中国哈尔滨，在当地的俄罗斯侨民学校读书。他十七岁毕业于哈尔滨基督教青年会中学，随后就读于哈尔滨北满工学院，学习法律和汉语，大学期间开始写诗并发表作品，受到哈尔滨俄侨诗人的青睐。1932年10月他参加了文学团体"丘拉耶夫卡"，结识了许多俄罗斯侨民诗人。别列列申在哈尔滨先后出版了四本诗集：《途中》（1937）、《完好的蜂巢》（1939）、《海上星辰》（1941）、

《牺牲》(1944),他还把英国诗人柯勒律治的叙事诗《老水手的传说》翻译成俄语,也在中国出版。

1938年,二十五岁的别列列申得了一场重病,病愈之后,下决心献身宗教,他成了哈尔滨喀山圣母修道院的修道士,法名盖尔曼。同年秋天,得到俄罗斯东正教传教士团领班、北平教区大主教维克多的帮助,前往北平,在东正教教士团图书馆任职,并担任教士团子弟学校教师。别列列申非常喜欢古老的北平,皇家园林的秀丽湖光给他留下了终生难忘的印象,他用"奇妙"两个字来形容这座古都。在北平工作,他学汉语进步很快,不仅阅读书写日渐长进,口语表达能力也逐渐提高。他还四处游历,《游山海关》《游东陵》《西湖之夜》这些抒情诗的题目,都反映出他的行踪。丰富的阅历加深了他对中国风土人情的了解,他认同中国文化,在《乡愁》一诗中,他承认中国是善良的"继母",黄皮肤的中国人是他的"兄弟",这种归属感在其他俄罗斯侨民诗人的作品中并不多见。

由于三十多年在中国生活,阅读了许多中国古典诗歌作品,别列列申格外推崇中国诗人屈原、李白、苏轼。他在《西湖之夜》这首诗当中写道:"农历每个月十六夜晚,/人们都说:'月光盈窗。'/普天月明!我还年轻,/这地方几乎就是家乡。//屈原投身湍急的溪流,/他的心难以承受忧伤;/皓首的李白陷落井底,/捞取水中醉酒的月亮。"不熟悉中国的文化传统,很难写出这样的诗句。别列列申在他的诗歌创作中常常采用中国诗的意象，揉进中国诗的元素。例如，他经常写松树，而俄罗斯诗人一般更喜爱白桦树、花楸树、橡树；他常常写荷花、菊花，而俄罗斯诗人喜爱的却是石竹花、苹果花、玫瑰花。此外，他多次写到茶叶、扇子、胡琴，这些意象显然具有中国特色。所有这些无一不说明诗人别列列申对中国文化的熟悉与认同。

阅读别列列申的诗歌作品，我们还不难发现，诗人喜欢中国的宗教，比如佛教、道教，他对道家"清净无为"的思想尤为赞赏。中国的诗词、绘画、书法、音乐都曾引起他的浓厚兴趣，《从碧云寺俯瞰北平》《湖心亭》和《胡琴》等诗篇就是最有说服力的例证。别列列申写诗，语言洗练优美，诗风洒脱飘逸，格外注重音韵节奏，布局谋篇明显受到中国古典诗歌的影响。他把中国视为"第二故乡"决非偶然。

1943年5月，别列列申在哈尔滨神学院通过神学副博士学位论文答辩。同年11月，从北平调往上海。1946年，别列列申向俄罗斯东正教传教士团递交申请书，退教还俗。这期间他开始为苏联塔斯社驻上海分社担当中文翻译，不久，经申请获得苏联国籍。40年代中期别列列申将鲁迅的短篇小说、杂文与书信翻译成俄文，由上海时代出版社出版。他和戈宝权、草婴时有交往，并且给自己取了一个中文名字：夏清云。这期间他把白居易的《琵琶行》，还有《木兰辞》翻译成了俄文。1950年，得到侨居美国的胞弟帮助，诗人离开上海，乘船抵达旧金山，打算移居美国，但由于他曾为塔斯社工作，被美国当局怀疑是苏联特工人员而被扣留，拒绝入境，后被遣返回到中国天津。1952年，他弟弟帮他取得了巴西签证，别列列申与母亲一道途经香港前往巴西，侨居里约热内卢。

初到巴西，生活相当艰难，别列列申曾在工厂做工，在礼品商店当售货员，还担任过学校的英语教师。1957年，在英国驻巴西的不列颠文化使团图书馆找到一份工作，担任图书管理员长达九年。由于生活窘迫，语言环境陌生，他的诗歌创作停顿了将近十年。恰恰是在这段艰苦寂寞的岁月，诗人开始翻译《离骚》、翻译中国古典诗词，明明知道这些作品译成俄文，难以在巴西出版，却仍然坚持，不难理解他把翻译中国古典文学作品视为一种精神寄托。与漂泊的屈原，孤独的李白进行心灵对话，仿佛能给他带来几分慰藉。

1970年，别列列申翻译完成了中国古典诗词俄译本《团扇歌》，其中包括王维、李白、杜甫、李商隐、杜牧、欧阳修、苏轼等诗人的作品，《木兰辞》和《琵琶行》也包含在集子当中。他所选译的作品，有一个基调，就是惆怅忧伤与迁徙流离。1971年诗人完成老子《道德经》的翻译，这个俄文诗体译本二十年后才在苏联《远东问题》杂志（1991）上发表，一经问世，立刻引起学术界的肯定与好评，2000年出版了单行本。1975年他翻译的《离骚》在德国法兰克福出版，那是他多年呕心沥血的结晶。别列列申精通汉语，对原文理解透彻准确，表达和谐流畅，接近原作风貌，译本达到了很高的水平。得知《离骚》终于出版的喜讯后，诗人特意带老妈妈上街，在里约热内卢一家冷饮店吃冰激凌以示庆贺，想想此情此景，诗人为中俄文化交流默默奉献的精神的确叫人感动。

别列列申迁居巴西以后出版的诗集有：《南方之家》（1968）、《禁猎区》（1972）、《涅沃山远眺》（1975）、《天卫一》（1976）等，这些诗集大都在德国出版。别列列申的俄文译诗集《南方的十字架》（1978），都是译自葡萄牙语的巴西抒情诗。1983年，他用葡萄牙语写的诗集《老皮袄》正式出版。1984年，与巴西诗歌翻译家马尔克斯合作，将俄罗斯诗人库兹明的《亚历山大歌曲集》翻译成葡萄牙文出版。1987年，俄文诗集《三个祖国》在法国巴黎问世，其中既有在中国哈尔滨、北京、上海写的诗，也有在巴西里约热内卢写的作品。心系中国，魂系俄罗斯，是诸多诗篇当中最为扣人心弦的主旋律。

普希金的代表作诗体小说《叶甫盖尼·奥涅金》，独具特色，采用奥涅金诗节写成，四百多个诗节无一例外，形式极其严谨，曾有评论家断定，这种形式空前绝后。就重视诗歌的音乐性，熟练驾驭十四行诗而言，别列列申不愧是普希金的继承人，堪称天才。他的代表作《没有主题的长诗》，完成于20世纪70年代末，共分八章，包括八百个十四行诗节，全部采用奥涅金诗节格律写成，充分显示出诗人驾驭十四行诗的娴熟技巧。对于这部作品，评论界褒贬不一，颇有争议，因为其中内容涉及当年哈尔滨和上海俄罗斯侨民文化界与宗教界人士的某些隐私，也涉及诗人本人的同性恋，因而遭到非难与指责也就不足为奇了。

除了母语，别列列申还精通汉语、英语、葡萄牙语、西班牙语，他的文学创作和翻译，为各民族文化交流架设桥梁，因而享有很高的国际声誉，被称为俄罗斯侨民诗人第一浪潮的优秀代表，南美洲最杰出的诗人。他用自己的作品为民族文化沟通与交流做出了贡献。因此，他不仅是杰出的诗人，卓越的翻译家，而且是一位令人敬重的民间文化使者。

1992年11月7日，诗人病逝于巴西里约热内卢。这位诗人在俄罗斯只生活了短短的七年，但童年印象终生难忘；从七岁到三十九岁在中国生活了三十二年，最美好的青春岁月都跟中国相关，中国的山水令他魂牵梦萦，实属自然；他在巴西居住了四十年，已经料到南半球这个喧嚣的城市将是他最后的归宿地。不过，他在心底一直保留着一丝希望，那就是等待机会返回祖国俄罗斯，寻找机会重返中国，再次游览哈尔滨、北京、上海、杭州。

上世纪70年代中期，别列列申写过一首诗，题为《在2040年》，抒发他的心愿。诗人相信到2040年，他将死而复生，走出坟墓，重返俄罗斯，相信莫斯科将出版《别列列申诗集》。诗句中交织着忧伤与欢乐，远见与自信。其实，俄罗斯报刊从上个世纪80年代末就开始刊登别列列申的诗作，到

90年代，他的译作也相继发表或出版。应当说，诗人返回祖国的日期是大大提前了，远远超过了他的预期。

进入21世纪，俄罗斯诗歌界公认别列列申是俄罗斯侨民诗人当中最优秀的诗人。倒是我们中国读者对他还缺乏了解，相当陌生。作为别列列申诗歌的爱好者和翻译者，我愿在这里向大家介绍诗人的生平和诗歌作品，并以此告慰直到临终依然怀念中国，渴望返回中国，并把中国看作"第二故乡"的诗魂。

载《中华读书报》2011年10月12日

别列列申:流落天涯译《离骚》

谷羽

2007年1月24日我在中华读书报发表了《〈离骚〉的四个俄译本》。文章的最后一段说:"别列列申所翻译的第四个《离骚》俄译本该是什么样子呢?我译过他的抒情诗,也读过他所翻译的《道德经》和唐诗,很喜欢他那种揉进了中国情调的诗风和文笔。依他的汉语水平和对中国古典诗歌的领悟能力,我觉得他的译本不会在其他三个译本之下,真盼望有朝一日能看到《离骚》的这一俄文译本。"

幸运的是,不久之后,我就看到了这个译本。我很感激俄罗斯著名汉学家李福清先生,他是南开大学的特聘教授。当他知道了我有意研究《离骚》俄译本时,便答应帮助我。这个译本是在德国出版的,俄罗斯国内的图书馆也很难找到。有一次李先生去欧洲进行学术考察,到了德国的法兰克福,他从图书馆找到了这个译本,便复印了一份寄给我,让我如获至宝,由衷感谢这位汉学家的雪中送炭。

俄罗斯侨民诗人别列列申,1913年出生于西伯利亚的伊尔库斯克,七岁随母亲迁居哈尔滨,以后又展转到过北平、上海、天津，在中国侨居三十二年。1952年移居巴西，他已经四十岁。诗人虽浪迹天涯，生活艰难，却深深地怀念中国，把中国视为第二故乡，比喻中国为"善良的继母"。诗人认同中国文化，不仅写诗抒发依恋中国的拳拳之情，还把老子的《道德经》、屈原的《离骚》以及唐诗宋词翻译成俄语，为中俄文化交流做出了很大的贡献。

别列列申在巴西里约热内卢，花费了几年心血翻译《离骚》。他认为这首长诗是"涉及政治与爱情的悲歌"，其中充满了联想和象征，同时又具有无可比拟的美感。诗人翻译家断定，《离骚》并非由"民歌汇集而成"，而是出自一个人的手笔。"离骚"的意涵大致为"克制哀痛"。

别列列申在译本《前言》中有这样的介绍："《离骚》的作者——屈原，是中国古代先王的后裔，他道德高尚，才华非凡，出身贵族世家，自信可以成为君主最亲近的大臣，甚至成为王者之师。屈原生在楚国，曾是楚怀王的重臣，担任左徒之职。他尽力劝说怀王，让他意识到日益强大的秦国是楚国最大的威胁，楚国君主应联合其他国家共同抵御秦国，可怀王犹豫不决，受到身边佞臣和后妃的蒙蔽，沉迷于享乐。楚怀王逐渐疏远屈原，后来就把他解职、流放。

屈原以幻想的方式表现他跟国王之间的关系（这种方式深深地根植于中国诗歌传统之中）。被遗弃的'情人'启程上路周游世界（即走遍中国），到处寻找'未婚妻'，也就是寻找另一位能够听从他劝说的国王。

哪里也寻觅不到'未婚妻'，诗人仿效古代投江的彭咸，纵身跳进汨罗江结束了自己的生命。此后不久，楚怀王应邀出访秦国，被囚禁而死。又过了十五年，楚国终于被秦国吞并。

每年农历五月初五，中国各地组织龙舟比赛，这一天还要包粽子投进江河——以此祭奠和纪念屈原。"

别列列申翻译《离骚》，把整首诗共分为九十三节，前九十二节，每节包括四行，偶行押韵，最后一节多出两行，共有六行。下面摘引译文的几个片断，可与原作进行比较：

Мой покойный отец, Байюн благородный,
Был потомком наших древних царей.
В день Гэнин, весной, когда я родился,
Шэ-ти в небе сияла в славе лучей.

帝高阳之苗裔兮，朕皇考曰伯庸。
摄提贞于孟陬兮，惟庚寅吾以降。

Посмотрев гороскоп моего рожденья,
Имена младенцу выбрал он, —
Имена Чжэн цзэ и Линцзюнь, и смыслом
Я горжусь благовещих этих имен.

皇览揆余于初度兮，肇赐余以嘉名；
名余曰正则兮，字余曰灵均。

Пусть опальный, не расстаюсь с орхидеей
И ношу при себе пучок душистых цветов,
Но за то, что сердце мое считает благом,
Все возможные пытки и смерть я принять
готов.

既替余以蕙纕兮，又申之以揽茝；
亦余心之所善兮，虽九死其尤未悔；

Задержи, Си Хо, задержи летящее время,
Не спеши на запад уйти, за гору Янь-цы!
Утомительна, однообразно моя дорога:
Я поехал искать, и объезду я все концы.

吾令羲和弭节兮，望崦嵫而匆迫；
路漫漫其修远兮，吾将上下而求索；

对照原文看译作，我们不难发现，别列列申不仅注重节奏与格律的传达，而且采用偶行押韵，形式接近原作。翻译家认为，原作奇数行末尾多用一个"兮"字，他觉得译文中没有必要搬用。许多花草植物名称翻译时也进行了适度的省略或简化。为了便于俄罗斯读者的接受，别列列申还为俄译本作了九十条注释。主要解释人名、地名、植物名称。别列列申精通汉语，对原文理解透彻准确，表达和谐流畅，译本达到了很高的水平。

别列列申在简短的《后记》中写道："屈原的名字在中国受到高度尊崇。""每个中国人，大概从上学读书开始，就知道屈原这部伟大的长诗，知道诗人的悲惨遭遇。"翻译家还指出，历代有许多诗人写诗怀念屈原，他引用唐朝诗人戴叔伦写的《三闾庙》作为例证。下面是戴叔伦的原作与别列列申的译文：

沅湘流不尽，屈子怨何深。
日暮秋风起，萧萧枫树林。

У ХРАМА ЦЮЙ ЮАНЯ

Неистощимы реки Юань и Сян,
Тоска Цюй Юаня так же глубока.
Сейчас о нем по кленам зашуршит
Вечерние порывы ветерка.

别列列申采用五音步抑扬格翻译这首诗，用一个双音节音步对应一个汉字，偶行押韵，语言和谐流畅。戴叔伦的这首诗有三个俄文译本，我进行了初步的对比。一个译本出自汉学泰斗阿列克谢耶夫之手，他的理解与传达都很准确，但是由于采用三音节的扬抑抑格，因而诗行较长，另外他强调再现原作的节奏，认为追求押韵有时以辞害义，因而不押韵，在艺术感染力方面，似乎略逊一筹。另外一个译本，则有明显的失误，第一行的"沅湘流不尽"，就难住了译者，他把两条河变成了一条江，只留下了湘江，其忠实性由此可见一般。

值得注意的还有别列列申在译本中注明的几个日期：《离骚》翻译完毕的日期是1968年11月3日。翻译后记中的《三闾庙》时间是1972年11月13日。而《离骚》正式出版的时间则是1975年。前后经历了七年之久，由此我们不难想象，诗人为翻译《离骚》付出了多少心血与汗水。

1975年《离骚》俄译本在德国法兰克福播种出版社出版，别列列申呕心沥血的结晶终于问世。得知这一喜讯后，诗人特意带他的老妈妈一道上街，在里约热内卢一家冷饮店买了冰激凌，母子二人相视而笑，默默庆贺。当我从诗人给朋友的书信中读到这一段文字时，不由得心生敬意，对这位诗人翻译家更加佩服。

载《世界文化》2011年第6期

别列列申的汉诗俄译本《团扇歌》

谷羽

2010年3月17日《中华读书报》刊载了一场题为《"祝中俄文字之交"》的漫谈：中国的"俄罗斯学"和俄罗斯的"中国学"。两位嘉宾是北平外国语大学教授、中国俄罗斯文学研究会副会长张建华，俄罗斯自然科学院院士、俄罗斯联邦功勋学者阿格诺索夫。

阿格诺索夫先生的一段话引起了我的兴趣。他说，在中俄文化交流方面，中国的俄侨也做出了很多贡献。他特别指出了别列列申，说这位著名诗人翻译了老子的《道德经》，同时将一些唐诗翻译成一本集子，名为《扇子诗》。

这本汉诗俄译本的书名是Стихи на веере，说成《扇子诗》意思没有错。也有人译为《写在扇子上的诗》，我在没有见到原作复印件之前，也曾译为《扇面题诗》。其实最准确的译法应当是《团扇歌》，李萌博士在她的著作《缺失的一环》当中这样翻译颇有道理。因为别列列申把汉代班婕妤的诗《团扇歌》拿来做了书名。这本集子虽然大部分译作是唐诗，但也包含了汉朝、南北朝、北宋和南宋的作品，时间跨度相当长。

感谢社科院的李俊升博士赴俄访学期间为我拍摄了这本诗集，当我看到图片，真可谓如获至宝。诗集很薄，仅有44页，翻译的诗只有30首，1970年于德国法兰克福出版，估计在俄罗斯也很少见。我个人认为这本书非常重要。别列列申译过《离骚》和《道德经》，但那两部译作的序言都没有涉及诗人对中国诗歌的见解，也没有谈到他翻译汉诗的原则与追求，而这些在《团扇歌》序言中则有清晰的表述。

别列列申在中国生活了32年，精通汉语，对中国文化充满了景仰。他的序言字里行间饱含深情：

"一个民族，绵延五千年，生生不息，可以说，它把自己的全部心灵都融入了文字，谱写了浩如烟海的诗歌。古典诗人数不胜数，每个人都与众不同，独具个性，因此，对这样的诗歌要想给予概括简直是不可能的。"

别列列申以世界文化为背景来观察中国诗，指出中西诗歌传统不同。"西方诗人不喜欢引用前辈诗人的词语，因为在他们看来，抒情诗属于个人体验，最能体现个性。而在中国却并非如此：经典诗人的作品当中充满了历史的回忆，对某些事件和文本的暗示……他们往往借用经典文本和前辈诗人的某些诗行或词句来表达自己的感受。""中国古典诗歌的一系列特点都跟中国文化这种陈陈相因的性质有关。""所有诗人的作品不仅具有文学价值和历史意义，而且也关涉到诗人的仕途升迁，须知国家考试制度所要求的与其说是创作才能，毋宁说是熟练掌握古圣先贤的教诲：'子曰''孟子曰''诗经曰'等等，对四书五经的注释要烂熟于心。熟记和引用经典的能力，实际上考验着'秀才''举人''进士''翰林'们的才具高低。因此诗人们高度重视并传承前辈的杰作。"

除了陈陈相因，注重传承，重隐喻、重典故，别列列申认为中国古诗的特点还在于格律严谨。别列列申还发现：中国古诗当中，主题大多涉及乡愁，朋友离别，关注人生；而古希腊罗马和欧洲的抒情诗则更注重赞美爱情。如果说西方诗歌以情感和欲念见长，那么中国古诗则更富有精神探索与哲理思考的意味。诗人认为，东西方诗歌主题的差异涉及心理结构和世界观等问题，需要深入探讨。

对于东西方抒情诗的风格，别列列申也有细腻的分析，他认为：中国古诗类似绘画中的素描，又像是笔触精微、色彩清淡的图画；而西方的抒情诗近似油画，因此有些西方人翻译中国古诗，往往不恰当地采用"浓笔重彩"的译法。他们以欧洲人的眼光看待其他民族的作品，觉得中国诗歌过于"苍白"。基于这样的理念，他们就大胆落笔，毫无拘束地任意想象，其结果是背离了原作，给读者造成错觉。

对于汉语诗与俄语诗语言的差异，别列列申的见解精辟独到。他说："中国诗极为精练，比如四句五言古诗，二十个字可能包含着二十个概念。而俄语单词，平均由两至三个音节构成（超过三个音节的词大量存在），因此，四句译文充其量最多只能容纳十个单词。我们不想让诗行加倍，不愿意把四行翻译成八行，要知道，凝练的短诗——体裁特殊，具有难以形容的艺术魅力，假如把四句短诗增加词语翻译成八行，原作的艺术魅力将丧失殆尽。四行诗还是八行诗，显然具有很大差别。"

俄罗斯的汉学家，从阿列克谢耶夫，到休茨基、艾德林、孟列夫，都采用三音节的音步抑扬抑格或扬抑抑格对应汉语的一个音节，往往把一行诗翻译成两行，四行译成八行。别列列申的译法显然与他们不同。

正是基于这样的认识，他主张翻译中国古诗需要压缩，有些名词，有些重复的词语，某些过于繁复的细节，统统要给予压缩。译文中不仅要尽量少用前置词、关联词，甚至常常舍弃代词。他特别反对增加诗行，他说："不受任何节制地增加诗行，或把诗行变成转述的分行散文，不仅不利于'等值地传达原作诗意'，甚至会损害原作底蕴，完全败坏了读者的印象。"

作为诗人翻译家，别列列申熟知中国古诗的形式特点与音乐性，他提出了翻译汉诗的几项原则：

一、采用五音步抑扬格翻译五言诗，用六音步抑扬格翻译七言诗，所有译作，大体都遵循这样的格律。

二、鉴于汉语不具备词尾形态变化，押韵都属于阳性韵，译文韵式安排则有所变化。

三、中国古诗押韵严格，多采用元音重复，对这种押韵方式则有意回避。

四、鉴于原作多采用偶数行押韵（第二行与第四行押韵），奇数行不押韵，译诗则让所有诗行都押韵，韵式较为灵活，或采用相邻韵，或采用交叉韵。

五、翻译长诗和词，采用多种格律（扬抑抑格、四音节格律、缺抑音律），视不同的作者而有所变化。

六、所有广为流传的中国古诗选本几乎每篇原作都附有大量注释。因此在译本末尾应对相关作者、作品给予简明扼要的介绍，对某些词语给予解释。

《团扇歌》当中选译了李白的《将进酒》等六首诗，王维的《鹿柴》等四首诗，此外还有贺知章、王之涣、孟浩然、张籍、崔颢、欧阳修、辛弃疾等诗人的作品。篇幅较长的两首诗是北朝民歌《木兰辞》和白居易的《琵琶行》，阿列克谢耶夫的得意门生、翻译《易经》的休茨基，当年也译过《琵琶行》，他把原作一行译成两行，因而篇幅比别列列申的译本恰恰多出一倍。这两个译本值得好好对比研究。

当然，别列列申翻译中国古诗并非完美无瑕，比如，许多标题他都自铸新词，《将进酒》译成《酒席歌》，《行路难》译成《路》，《月下独酌》译成《三人》，《竹里馆》译成《孤独》。如果不看内容，仅凭标题很难找到原作。另外，他对欧阳修的词《生查子·元夕》存在着明显的误读与误译。单从这一点着眼，阿列克谢耶夫师生注重科学性、艺术性，尊重原作，比他的治学态度要来得严谨。

尽管存在某些瑕疵，但瑕不掩瑜。别列列申几十年翻译中国古诗，不仅为俄罗斯读者奉献了屈原的《离骚》，诗体译本《道德经》，还有独具一格的《团扇歌》。他痴迷中国古诗的艺术魅力。抓住了古典诗歌凝练含蓄的特点，以双音节音步对应一个汉字，以四行诗译绝句，以八行诗译律诗，以相等的诗行，变化的韵律翻译词和长诗，在汉诗俄译方面独辟蹊径，成就斐然，这些都值得关心中俄文化交流的学者与翻译家高度重视，深入研究，以资借鉴。

载《中华读书报》2011 年 08 月 17 日

情思如缕"霜叶红"

谷羽

一千一百多年前的某个晚秋季节，晚唐诗人杜牧乘车出行，日落时分，目睹山中经霜的枫叶，内心不禁诗情涌动，脱口吟咏出四行诗句：

远上寒山石径斜，
白云生处有人家。
停车坐爱枫林晚，
霜叶红于二月花。

风流倜傥的诗人锦心绣口，才情非凡。"霜叶红于二月花"，七个汉字包含多少诗情画意！一经问世，便广为世人传诵，不胫而走，成了千古名句。好诗不仅穿越时空，流传百代而不衰，还能超越民族疆界，引起国外翻译家关注，借助译家之笔走向世界。

千年之后，杜牧的《山行》不仅有日译本、英译本，在俄罗斯，先后就有五位汉学家翻译过这首诗。这里只介绍其中动笔最早的两位。第一位是翻译《易经》的尤·休茨基(1897—1937)，他是阿列克谢耶夫院士的得意门生。1923年俄罗斯出版了《唐诗集——悠远的回声》，其中就包括了杜牧这首绝句。休茨基采用六音步扬抑抑格对应原作七个汉字，一行译成两行，奇数行九音节四音步，偶数行六音节两音步，押交叉韵，韵式为abab，既注重诗意内涵，又顾及原作的形式、节奏和音乐性。回译成汉语大致为：

行走山中

行走的小路崎岖陡峭，
通向寒冷的山坡，
高高的峰巅白云缭绕，
有孤零零的房舍。
停下车来，我爱观看
晚霞映照枫林叶，
经霜的叶子一片红艳，
胜过二月的花朵。

阿列克谢耶夫院士提倡译诗注重科学性和艺术性，既强调语言准确，又注重审美价值的艺术追求。休茨基完全遵循了老师的教诲，他翻译的诗歌得到院士首肯，也便顺理成章。

《山行》的第二位俄文译者别列列申（1913—1992），同样才华出众，他侨居中国长达32年，翻译过《离骚》和《道德经》。他采用六音步抑扬格翻译这首诗，语言简练，只有四行，形式更接近原作，回译成汉语是：

山中旅行

山坡上的石径弯弯曲曲，
透过层层云雾传来人声，
停下车来我欣赏枫树林，
霜叶的颜色比春花更红。

跟原作对比，译作有两处随意性的变通处理，一是把"白云生处有人家"的视觉形象，转化成听觉形象："透过层层云雾传来人声"，或许他认为云雾遮蔽，难以看到山上人家。其次，把"二月花"译成了"春花"，主要从节奏考虑，"春花"比"二月花"少一个音节。别列列申译作的最大优点在于简练，原作四行，译作也四行，形式更接近绝句。但若从词义准确、充分尊重原作角度着眼，则休茨基的翻译更胜一筹。总之，两位翻译家的两篇译作都是以诗译诗、注重审美的翻译，都能让俄罗斯读者大致领略杜牧原作的艺术魅力。

有意思的是，别列列申不仅赞赏"霜叶红于二月花"，翻译了《山行》，他还创作了一首抒情诗，题目就叫《霜叶红》，或译《霜下红叶》。2001年我翻译了这首诗，收进了诗集《松花江晨曲》当中。现在引用如下：

霜叶红

霜叶红——说起来多么奇妙。
中国有多少聪慧的词句！
我常常为它们怦然心动，
今天又为这丽词妙句痴迷。

莫非枫叶上有霜？但是你——
乃是春天鲜艳娇嫩的花朵！
你说："春天梦多色彩也多，
秋天吝啬，秋天很少树叶。

秋天干净透明，忧伤而随意，
秋天疲倦，不会呼唤生命。
秋天的叶上霜是冰冷的铠甲，
秋天傲慢，从不喜欢爱情。"

不错，但秋天中午的太阳，
仍以热烈的光照耀枫树林。

总有短暂瞬间：霜雪融化，
让我目睹霜下红叶与芳唇。

　　别列列申学习汉语多年，喜爱中国文化，对中国诗词、绘画、音乐有相当深刻的了解和认识。以《霜叶红》为题写的这首诗，既有借鉴，又有创新。诗中两个人物，一个以少女口吻说话，而爱慕少女者显然已过中年，两人年龄存在明显差距。少女喜欢多姿多彩的春天，对秋天表示淡漠。中年人巧妙地回答，秋天中午的太阳，以热烈的光照耀枫林。他相信，总有霜雪融化的瞬间，让他目睹霜下红叶与芳唇！这意境美好而富有诗意。少女单纯，诗人执著，情意缠绵，相当生动。

　　2008年3月，我阅读了李萌博士研究在华俄国侨民文学的专著《缺失的一环》，其中有两章专门研究别列列申的生平与诗歌，不仅提到了《霜下红叶》（即《霜叶红》）这首诗，更有趣的是他还影印了诗人别列列申亲自翻译成汉语的译文《霜红》：

霜下红叶，奇怪的名字：
希奇的名字，中国有多少？
屡次为其诱惑而欢欣，
今日再爱奇怪的名字。

霜下枫叶呢？那倒不对：
因为你是一朵春晨花！
但你说道："春富于鲜花，
秋天比她吝啬，叶子少！

秋天洁净抑郁而自由，
秋天疲倦，别叫她生活！
秋天的霜像冰冷盔甲，
骄傲秋天不要你爱她。"

然而，秋天中午的阳光
在枫园中也耀得更强。
要来一刻，讨厌霜融化
我在霜下寻找红叶唇！

李萌博士写道，《霜下红叶》包含着别一番故事，它是由一个叫"霜红"的中国人的名字演化而来。在对中国人名字的精巧大加欣赏后，别列列申拓展了"霜红"的意义，并把它转化成一个色情形象。他后来回忆说："《霜下红叶》是受我在杭州遇见的一个非常年轻的大学生的启发而写的（当时我和添生在一起……）。他叫'霜红'，也就是'霜下红叶'。我请人给我解释这个名字的意义，结果得到作一首诗的题目。那个年轻人当时在我居住的上海读书。我把自己的地址给了他，但他从没来找过我。"在为这首诗所做的另一处注释中，别列列申回忆说，霜红是他在杭州基督教青年会短期留宿期间的同屋，当时19岁，长得很清秀。在一封信中，他也提到那些天在杭州，他常与添生和霜红一起聊天。别列列申从添生那里得知，"霜红"听上去更像女孩子的名字，因此他决定在这个不同寻常的女性形象掩护下，创造一个爱的对象。在诗中，红叶在拒绝他的追求，但是他不肯放弃。诗人以此挑明，他所寻找的，不只是美丽的红叶，而且还有一个年轻男子的亲吻。在拿一个中国名字做文字游戏的同时，他创作出一首以同性恋情为主题的抒情诗。

　　正是从《缺失的一环》这本书中，我了解到别列列申是个同性恋者，刘添生是他的同性恋朋友，霜红是他倾慕的对象。《霜叶红》表面看像爱情诗，实际上是一首委婉曲折表现同性恋主题的抒情诗。

　　至于把这首诗理解为爱情诗，还是同性恋诗歌，不妨仁者见仁，智者见智。自古以来就有"诗无达诂"的说法，我个人倒是倾向于把它看成爱情诗。不管怎么说，一个身穿道袍的修道士，口头上笃信宗教，实际上却结交同性恋朋友，难免让人感到其性格的分裂。后来别列列申在上海确实也通过申请，退教还俗，这大概也是他出于无奈，不想再忍受灵与肉激烈冲突的痛苦与煎熬吧？

尽管别列列申在性向选择上不同于常人，但是他毕竟翻译了《道德经》、《离骚》、中国古诗集《团扇歌》，不仅翻译了杜牧的《山行》，还写出了内涵丰富的《霜叶红》。总体而论，他为中俄文化交流做出了很大贡献，不愧是令人敬重的诗人翻译家。

载《中华读书报》2012年07月18日

俄罗斯诗人与中国长城

谷羽

最近阅读俄罗斯当代诗歌，遇到一首诗，题为《中国长城》，不由得联想到过去翻译普希金的诗，翻译俄罗斯侨民诗人的作品，也有诗作出现过长城形象，把这些与长城有关的诗歌放在一起阅读，挺有意思。三个俄罗斯诗人所处时代不同，境遇不同，却都对中国长城怀有向往之情。显然，他们把长城看作中国的象征，中国古老文化的象征。渴望游览长城或者亲自攀登长城，表现了这些诗人渴望了解中国文化的心情，他们的诗歌表达了对中国人民的友好情谊。

第一首与长城有关的俄罗斯诗歌写于19世纪上半叶，出自俄罗斯民族诗人普希金（1799–1837）的手笔。原作是一首无题诗，具体写作时间为1829年10月，开头几行翻译如下：

走吧，朋友，无论到哪里去，
我随时准备跟你们一道同行，
为了远远离开那傲慢的少女，

哪怕千里迢迢去中国的长城！……
去沸腾的巴黎，去那座城市——
夜晚船夫不再唱塔索的诗句，
古城的繁华沉睡在灰烬之中，
片片柏树林散发出清香气息……

恕我冒昧，这可能是中国长城第一次出现在俄罗斯诗歌当中。普希金笔下这几行诗句隐含着不少问题，比如：诗人渴望出国远行，他所说的朋友们指的究竟是什么人？傲慢的少女是谁？为什么诗人想要访问中国，他从哪里了解到中国以及长城的情况呢？

1829年，普希金已经30岁。诗人名义上恢复了自由，不再遭受监禁，实际上却仍然受到沙皇第三厅暗探的监视，不得随意行动。这一年10月，由于他私自去高加索军队看望朋友，回到莫斯科以后，就受到了宪兵司令卞肯多尔夫的严厉训斥。还有更让诗人心烦的事，那就是他向号称莫斯科第一美女的冈察洛娃求婚，又一次碰了钉子，冈察洛娃和她母亲对他态度冷淡。诗人心情沮丧，觉得有损声誉，因此巴不得马上离开莫斯科，离开俄罗斯，于是写了这首无题诗排解心头的郁闷。

写完这首诗不久，普希金于1830年1月7日果真给宪兵司令卞肯多尔夫写了一封信，请求允许他出国，信中有这样的词句："我现在尚无家室，也无公职在身，很想去法国或意大利旅行。倘若这一要求得不到许可，我请求批准我跟随即将出发的外交使团前往中国访问。"几天以后，诗人收到了宪兵司令的回复，下肯多尔夫告诉他："陛下无法满足你出国的请求，认为这样做既耗费资财，又贻误正事。至于你想随使团去中国的想法，同样难以实现，因为使团中所有职位均已确定人选，如由他人顶替，则须先照会北京宫廷。"

了解了这一创作背景，诗中的问题就容易解释了。"傲慢的少女"指的是冈察洛娃。诗人的朋友，则是指那一年将出使中国的东方学家希林格男爵（1786-1837）和汉学家比丘林（1777-1853）。原来1828年在彼得堡，普希金经朋友介绍认识了比丘林，诗人敬重这位汉学家的渊博学识，汉学家推崇诗人的才华，两个人虽然年龄相差22岁，却成了推心置腹的忘年之交。比丘林把他刚刚翻译出版的《西藏志》和《三字经》题写赠词送给普希金，普希金不但回赠自己的诗集，还在他主编的《文学报》上发表评论，介绍比丘林的译作。正是通过跟比丘林的交往，诗人对中国的人文地理增加了不少知识，对古老的东方文明心生憧憬，萌发出访问中国的愿望。

可惜，普希金的中国之行因受沙皇阻挠难以实现，只能遗憾地停留在梦想阶段，可是中国长城出现在普希金的诗作当中，毕竟说明了诗人与中国的一段情缘。

第二首诗写于1943年，题为《游山海关》，比普希金的诗晚了一个多世纪，诗中开头几行是这样写的：

217

俄罗斯精短文学经典译丛·诗意心灵系列

登上长城的"天下第一关",
看雾气蒙蒙的雄伟群山,
看山脚下沉寂的城市与荒村,
视野开阔,直望到天边。

历次战火毁坏了无数城垛,
沉重的塔楼已快要塌陷……

这位俄罗斯诗人确实登上了中国长城,他的名字叫瓦列里·伏朗采维奇·别列列申（1913–1992）。他是个在中国生活了32年的侨民诗人,还是一位杰出的翻译家。别列列申出生在俄罗斯的伊尔库茨克,父亲是工程师,在中东铁路工作,长期居住中国,因此,他在七岁那一年跟随母亲到了哈尔滨,先后就学于商业学校、基督教青年会中学,1935年毕业于政法学院,大学期间开始写诗,学习汉语,钻研中国法律。1938年他成为东正教修道士,1939年到北平东正教传教士团任职,1943年转到上海。别列列申在中国游历过很多地方,因此能写出登长城的诗篇,从诗中荒凉萧瑟的意象,不难看出诗人对苦难的中国人民饱受战乱所寄予的同情。

1952年,别列列申离开上海,漂泊到南美洲的巴西,居住在里约热内卢。诗人把中国视为第二故乡,他对中国文化怀有难以割舍的深情。在巴西,他开始用俄语翻译屈原的

《离骚》，老子的《道德经》，明明知道出版这样的译作非常困难，却连续几年挤时间从事翻译，显然他是把翻译中国名著视为精神寄托。后来在朋友的帮助下，他翻译的《离骚》于1971年在德国法兰克福出版，而《道德经》译本直到1991年才在俄罗斯《远东问题》杂志上得以面世。别列列申还曾翻译中国古代诗集，书名为《团扇歌》，其中有李白、王维、杜甫、苏轼等诗人的作品。他所选译的作品，多半抒发离愁别恨，正所谓"借他人之诗笔，消个人之块垒"。

从上个世纪80年代开始，俄罗斯报刊陆续刊载别列列申的诗歌和译作，文化界逐渐认识到他是"俄罗斯侨民诗人第一浪潮的杰出代表"，是"南美洲卓越的诗人之一"。他所翻译的《离骚》，尤其是《道德经》，赢得了越来越多的关注和推崇。相信随着国内介绍别列列申逐渐深入，读者定会记住这位曾经攀登过中国长城的俄罗斯诗人、翻译家和民间文化使者的名字。

第三首诗是当代作品，标题就是《中国长城》。写这首诗的是俄罗斯诗人谢尔盖·谢尔盖耶维奇·索宁。诗人1952年出生于阿穆尔州，毕业于布拉戈维申斯克国立师范学院物理数学系。曾在工厂担任工程师。2005年加入俄罗斯联邦作家协会。先后出版的著作有九本诗集和长诗。诗人曾到中国旅游，亲自登上了长城。站在古老的长城上，心潮起伏，默默吟诵出心中的诗句：

我站在中国的长城上，
这是世界唯一的长城。
像宾客参加节日盛宴，
历史浓缩在我的心中。

从头到脚深深地陶醉，
我的身体似变得很轻。
世纪与世纪不可分割，
争执纷扰，喧哗不停。

天空清新，安详平静，
生活总愿意迎接喜庆，
种种争端靠对话解决，
古老的土地祈盼和平。

烽火台上已不见烽火，
没有刀兵，只有儿童，
他们说话都彬彬有礼，
让大地传播温暖友情。

我站在中国的长城上，
一股力量升腾在心中，
我相信就在这个国家，
我能发现另一种永恒。

诗人索宁的诗才与名气难以跟普希金相提并论，恐怕也比不上别列列申。不过，他却比普希金，比别列列申更幸运。原因是他生活的时代不同。他所看到的长城今非昔比，他所见到的中国发生了根本性的变化，中国人再不是任人宰割的奴隶，站起来的中国人愿与世界人民友好相处，古老而又年轻的长城就是中国人民意志的象征。索宁——这位当代的俄罗斯诗人理解中国的深刻变革，他写的《中国长城》不仅富有哲理，也是充满了友情的诗篇。

别列列申和索宁，都曾登上长城，讴歌长城，只有普希金渴望一睹长城的壮观，却未能如愿。不过，有位中国的艺术家帮助普希金实现了他的梦想。

这位中国当代的艺术家，既是翻译家，又是画家。1926年他出生在哈尔滨，从小在学校里跟俄罗斯的孩子一道学习俄语，从那时候就热爱普希金的诗歌。他从小爱画画，他画的第一幅外国诗人的肖像就是普希金的头像。以后他开始一边翻译诗歌，一边画油画。画出自己心目中的普希金，成为他多年的心愿。上个世纪80年代，他为浙江文艺出版社主编《普希金抒情诗全集》，研读了普希金的每一首诗，对诗人的作品加深了理解，因而对诗人愈发敬仰。1989年普希金诞生190周年，他完成了一幅大画《普希金在高加索》，还在画上题了一首诗，其中有一句是"为寻梦——你冥想远走神州不怕路迢迢"。1999年为纪念诗人诞生200周年，他运用国画形式创作了包括十二幅画在内的普希金组画，其中一幅题为

《普希金在长城上》，借助丰富的想象力帮助普希金实现了访问中国攀登长城的梦想。这位艺术家就是高莽先生，画画时他署名高莽，翻译诗歌则采用另一个笔名：乌兰汗。

1999年6月4日，高莽先生作为中国作家代表团成员去莫斯科参加诗人诞生200周年的庆祝活动，他把题为《普希金在长城上》的国画赠送给莫斯科国立普希金纪念馆，画上还有我国著名诗人李瑛的亲笔题词：

未了的心愿
已成历史的隐痛
至今不朽的诗句
仍在扣敲长城
有的如长风浩荡
有的似山草青青

莫斯科国立普希金纪念馆格外珍惜这幅来自中国的绘画，馆长写信给高莽先生表示由衷的感谢：

尊敬的高莽先生：

国立普希金纪念馆感谢您惠赠的中国画《普希金在长城上》。大作艺术水平高超，对普希金形象理解深刻，画法技巧非同寻常，这幅作品在我馆的艺术藏品中将占有特别重要的地位。

我们拟定不久的将来在本馆组织的展览会上展出这幅作品。

您惠赠如此珍贵的礼品，再次表示由衷的谢忱！对今后合作寄予厚望。

此致

敬礼！

国立普希金纪念馆馆长

博加特廖夫

1999年6月28日

俄罗斯诗人与中国长城居然有这么多有趣的故事，这些故事或许能为2007俄罗斯的中国年平添几段佳话。看来万里长城不仅凝聚着许多古代的传说，同时还是中国与世界，中国与俄罗斯文化交流世代友好的见证。

载《中华读书报》2007年12月14日

俄罗斯精短文学经典译丛·诗意心灵系列

别列列申生平与创作年表

1913年7月20日，瓦列里·弗朗采维奇·别列列申，出生于俄罗斯伊尔库茨克市。他的真实姓氏是萨拉特科—别特里谢。父亲出身贵族，有波兰血统，是铁路工程师，在中东铁路局任职。

1920年，7岁的瓦列里跟随母亲到了中国的哈尔滨，随后在俄罗斯侨民学校和哈尔滨商业学校读书。

1925—1930年，在哈尔滨基督教青年会中学上学。

1930—1934年，就读于哈尔滨北满工学院，学习法律和汉语。在学期间开始写诗并发表作品。其间，于1932年10月参加了文学团体"丘拉耶夫卡"，结识了许多俄罗斯侨民诗人。

1935年，毕业于哈尔滨政法学院法律系。此后用了两年时间集中精力学习和钻研汉语。

1937年，第一本俄文诗集《途中》在哈尔滨朝霞出版社出版。其中包括了1932至1937年写的诗。

1938年5月，在经历了一场重病以后，他决心献身于宗教，成了哈尔滨喀山圣母修道院的一名东正教修道士，法名盖尔曼。

1939年，第二本诗集《完好的蜂巢》在哈尔滨出版。同年秋天，在俄罗斯东正教传教士团领班、北平教区大主教维克多的帮助下，到北平工作，在教士团图书馆任职，并担任教士团子弟学校教师。别列列申非常喜欢北平，认为它是一座奇妙的城市。在北平生活和工作，进一步提高了他的汉语水平。

1941年，第三本诗集《海上星辰》在哈尔滨出版，其中诗作反映了诗人在中国的游历，对中国文化的认同。

1943年5月，在哈尔滨神学院通过神学副博士学位论文答辩。同年11月，由于"违反教规"，从北平调往上海，受上海教区主教约翰监督管教。

1944年，第四本诗集《牺牲》在哈尔滨出版，同年将英国诗人柯勒律治的叙事诗《老水手的传说》译成俄文，在哈尔滨出版。

1946年，向俄罗斯东正教传教士团递交申请，要求退教还俗，获得批准。同时开始为苏联塔斯社驻上海分社担当中文翻译，不久，获得苏联国籍。40年代中期将鲁迅的短篇小说、文章与书信翻译成俄文，由上海时代出版社出版。

1950年，应侨居美国的弟弟邀请，离开上海，乘船抵达旧金山，打算移居美国，但由于曾为塔斯社工作，被怀疑是苏联特务而被扣留，拒绝入境，获释后被遣返回中国，在天津落脚生存。

1952年，与母亲一道经香港前往巴西，侨居里约热内卢，曾在工厂工作，担任过学校的英语教师。

1957年，在英国驻巴西的不列颠文化使团图书馆找到一份工作，担任图书管理员长达九年。其间开始将中国古典诗歌译成俄文。

1968年，第五本俄文诗集《南方之家》由德国慕尼黑市一家出版社出版。

1970年，翻译完成中国古典诗集《团扇歌》，其中有李白、李商隐、杜牧和白居易等诗人的作品。

1971年，第六本诗集《秋千》在德国出版，作品内容大多与宗教信仰有关。同年完成老子的《道德经》俄文译本。这一译本搁置了二十年之久，1991年才在俄罗斯的《远东问题》杂志上发表。

1972年，第七本诗集《禁猎区》出版。

1975年，第八本诗集《涅沃山远眺》出版，诗中充满了怀念故土的情绪，并渴望沟通俄罗斯与巴西的文化，幻想出现一座"俄罗斯–巴西岛"。同年用俄文译完中国大诗人屈原的代表作《离骚》，在德国美因河畔法兰克福市播种出版社出版。

1976年，第九本诗集《天卫一》出版。其中的"花环"十四行诗是压卷之作。同年完成自传体《没有主题的长诗》，长诗共分八章，用奥涅金诗节写成，是诗人最重要、也最有争议的作品，因为其中涉及到当年哈尔滨和上海俄罗斯侨民文化界与宗教界一些人士的隐私，也涉及到诗人本人的同性恋问题，因而遭到非难和指责。

1978年，德国慕尼黑播种出版社出版了别列列申的俄文译诗集《南方的十字架》，其中的作品都译自葡萄牙语的巴西抒情诗。

1983年，他用葡萄牙语写的诗集《老皮袄》正式出版。

1984年，与巴西诗歌翻译家马尔克斯合作，将俄罗斯诗人库兹明的《亚历山大歌曲集》翻译成葡萄牙文出版。

1987年，俄文诗集《三个祖国》在法国巴黎问世，其中既有在哈尔滨、北平、上海写的诗，也有在巴西里约热内卢写的作品。同年出版诗集《成双成对——怎又孤单?》。

1988 年,诗集《追随》出版。诗人晚年多病,才思枯竭,他的作品已经引不起读者的兴趣。

1992 年 11 月 7 日,病逝于巴西里约热内卢,享年七十九岁。

第一本诗集《途中》 (哈尔滨朝霞出版社。1937)

第二本诗集《完好的蜂巢》 (哈尔滨,1939)

第三本诗集《海上星辰》 (哈尔滨,1941)

第四本诗集《牺牲》 (哈尔滨,1944)

第五本诗集《南方之家》 (慕尼黑出版社,1968)

翻译诗集《团扇歌》 (播种出版社,1970)

第六本诗集《秋千》 (德国,1971)

第七本诗集《禁猎区》 (1972)

第八本诗集《涅沃山远眺》 (1975)

第九本诗集《天卫一》 (1976)

第十本诗集《南方的十字架》 (播种出版社,1978)

第十一本诗集《老皮袄》 (1983)

第十二本诗集《三个祖国》 (法国巴黎,1987)

第十三本诗集《追随》 (1988)

俄罗斯精短文学经典译丛·诗意心灵系列

译后记

  我开始接触并翻译别列列申的作品，要感谢一位朋友，齐齐哈尔大学的李延龄教授。1999年秋天北京大学召开学术会议，我有幸和他相遇并相识。我们住在同一个房间，他比我年长一岁，可能由于都喜爱诗歌的缘故，聊起来有很多共同语言。2001年李先生组织高校学者翻译五卷本的《中国俄罗斯侨民文学丛书》（北方文艺出版社、黑龙江教育出版社，2002年10月出版），他约我翻译其中的一卷《松花江晨曲》，所有的俄文诗歌资料都是他亲手复印、提供的，其中就有别列列申的作品。

  第一次阅读别列列申的作品，我翻译了他29首诗，在选译的十九个诗人当中，数量最多，给我留下的印象也最深。读他的诗，能够感受到他对中国文化的熟悉、认同与热爱。他的作品语言流畅，音韵和谐，常常出现中国文化元素，比如茶叶、丝绸、扇子、松树、菊花、胡琴、书法、水墨画，这在其他俄罗斯侨民诗人作品中并不多见。

  从他的诗歌作品发现，他学习汉语，二十多岁就开始翻译中国古诗。他写北京、写中海、写碧云寺、写长城、写东陵、写杭州西湖、写屈原、写李白，让人体会到诗人发自内心喜欢中国文化，了解中国的风土人情和山川大地，仿佛在漂泊中找到了一片避风港。难怪他把黄皮肤的中国人称为"兄弟"，把中国称为

"善良的继母""第二祖国"。

此后我开始有意识地收集别列列申的原文作品与资料，但是遇到了意想不到的困难，网上能查阅下载的诗数量有限，译作只下载了《道德经》的俄译本，其他的翻译诗集则无处查询。

2006年8月底9月初，北京举办国际书展，俄罗斯是参展的主宾国，来了一个作家代表团。北京外国语大学李英男教授事前跟我联系，希望我参加书展活动，配合诗人丽玛·卡扎科娃组织一场诗歌朗诵会。见到李英男老师以后，顺便谈到我喜欢别列列申的诗歌，但寻找他的诗集很困难。李老师听了以后说，这件事她可以帮忙。原来她的先生阿格诺索夫院士是研究俄罗斯侨民文学的专家。李老师帮我复印了7本别列列申诗集，为我进一步翻译和研究诗人的创作提供了便利条件。

李福清是俄罗斯汉学家鲍里斯·里弗京的汉语名字，他也是我们南开大学的特聘教授，不仅为我们推荐《俄罗斯白银时代文学史》，帮助购买版权，翻译这套书时，他还应允担任顾问，帮助我们解决了不少疑难问题。有一次他来南开讲学，我跟他提到别列列申翻译过屈原的《离骚》，但找不到他的俄文译本，不知道能不能在他工作的高尔基世界文学研究所查找这本书。2007年1月6日，李福清先生寄来了《离骚》俄译本复印件。他告诉我说"文研所"没有这本书，他是到欧洲进行学术访问时，顺便到法兰克福市图书馆查到并复印了这本书。看到珍贵的《离骚》俄译本，我是又惊喜，又感动。

李萌博士是国内研究俄罗斯侨民文学很有成就的学者，她的著作《缺失的一环——在华俄国侨民文学》（北京大学出版社，2007年11月），对别列列申的生平与创作有深入的研究，提供了大量翔实的资料。2008年3月我买到了这本书，通过认真阅读，不仅加深了对诗人的了解，而且纠正了我以前译文中的几处错误。比如，"扇面题诗"，应为"团扇歌"；根据音译的"湘潭城"，应为"香潭城"，是诗人虚拟的地名，暗指杭州；诗人的朋友"刘添生"，我在翻译时颇费脑筋，反复猜测到底是"天生""田生"还是"甜生"？就是没想到是"添生"。正是通过李萌的著作，使我了解到诗人和戈宝权、草婴的交往和友谊，知道了他翻译汉诗的经历，也知道了他的汉语名字叫夏清云。

李俊升博士2005年曾参加翻译《俄罗斯白银时代文学史》，我们有书信往来。后来他到社科院工作。2010年5月去莫斯科访问，他来电话问我有没有需要购买的图书。我告诉他，希望帮我查找别列列申翻译的《团扇歌》。他不仅查到了这本翻译诗集，还为我拍摄了图片。当我从网上收到这些图片时，真可谓如获至宝！这本书1970年在德国法兰克福出版，估计俄罗斯也很少见。别列列申译过《离骚》和《道德经》，但那两部译作的序言都没有涉及诗人对中国诗歌的见解，也没有谈到他翻译汉诗的原则与追求，而这些在《团扇歌》序言中则有清晰的表述。

回顾这几年的经历，在翻译和研究别列列申诗歌的过程中，我得到好几位学者的热心帮助和支持，有意思的是，他们都姓李：李延龄、李福清、李英男、李萌、李俊升，想不到会有这么巧！我要向他们表示诚挚的感谢！没有他们的帮助，这本小书就难以成形，至于出版，就更无从谈起。

2012年9月我应约去杭州参加"大运河申遗工程诗歌朗诵会"，正好李英男教授和阿格诺索夫院士也出席会议。我们谈到2013年是诗人别列列申诞生一百周年，觉得应当组织一次活动纪念这位诗人、翻译家、文化使者。当时我表示一定抓紧时间翻译他的诗歌，把《道德经》《离骚》《团扇歌》俄译本的序言、译后记翻译成汉语，再加上这几年写的几篇文章和随笔，合成一个集子，算是献给诗人百年诞辰的小小祭品。

当我把这本书稿整理成册的时候，面临的另一个难题是寻找出版社。非常感谢汪剑钊教授和敦煌文艺出版社的慷慨相助，把这本书列入了"俄罗斯精短文学经典译丛"。敦煌文艺出版社的编辑王森林先生仔细校阅书稿，发现了一些疏忽与错讹，提出了很好的修改意见。我要向他们两位深表谢意。

别列列申一生出版了十三本诗集，拙译一百首诗只是其中很少的一部分。他的代表作《没有主题的长诗》，包括八百多首十四行诗，全部运用奥涅金诗节写成，篇幅比普希金的《叶甫盖尼·奥涅金》长出一倍。可我至今只读过一些片段，始终没有看到完整的原著。

瓦列里·别列列申这位有才华的侨民诗人，长达半个多世纪被岁月的风尘埋没，一直处于默默无闻的状态，或许，我们对他的翻译与介绍才刚刚起步。但愿有越来越多的读者关注这位诗人，有越来越多的学者研究他的作品。除了个人创作的诗歌，能把屈原的《离骚》，还有《道德经》、唐诗宋词译成优美流畅的俄语，为中俄文化交流做出贡献，就凭这些建树，他应该得到人们的敬重与怀念。

谷羽

2013年9月22日

于南开大学龙兴里